Oda

Nunca antes había cono̶̶̶̶̶̶ ̶̶̶̶̶̶̶̶̶̶̶̶̶̶̶ grillos. La señora Brisbane dice que apestan. ¡Yo creo que tienen un aroma increíble!

La señora Brisbane dice que pueden traer suerte. Yo creo que la suerte es mía cada vez que atrapo a un grillo. ¡Y les estoy muy agradecido por eso!

A medida que pensaba en los grillos esa noche, comencé a cantar, de repente, una de mis canciones favoritas.

> Que canten los grillos con su dulce voz
> por ser exquisito manjar,
> por su vida corta y su intenso sabor
> que todos queremos probar.
>
> Que canten los grillos hasta amanecer
> y entonces podremos comer
> pequeños bocados con mucha sazón
> que alegran el corazón.

Busca todas las aventuras en el Aula 26

Protagonizadas por la rana Og
(En inglés)

Life According to Og the Frog
Wildlife According to Og the Frog

Protagonizadas por Humphrey
(En español)

El mundo de acuerdo a Humphrey
La amistad de acuerdo a Humphrey

(En inglés)

The World According to Humphrey
Friendship According to Humphrey
Trouble According to Humphrey
Surprises According to Humphrey
Adventure According to Humphrey
Summer According to Humphrey
School Days According to Humphrey
Mysteries According to Humphrey
Winter According to Humphrey
Secrets According to Humphrey
Imagination According to Humphrey
Spring According to Humphrey

Otros libros divertidos de Humphrey
Humphrey's Book of FUN-FUN-FUN
Humphrey's World of Pets

No te pierdas
Los libros infantiles de Betty G. Birney para jóvenes lectores

La vida
de acuerdo a
la rana Og

Betty G. Birney

Traducción de Eva Ibarzábal

PUFFIN BOOKS

PUFFIN BOOKS
An imprint of Penguin Random House LLC, New York

First published in the United States of America by G. P. Putnam's Sons, 2018
Published by Puffin Books, an imprint of Penguin Random House LLC, 2019

Visit us online at penguinrandomhouse.com

THE LIBRARY OF CONGRESS HAS CATALOGED THE G. P. PUTNAM'S SONS EDITION AS FOLLOWS:
Names: Birney, Betty G., author | Ibarzábal, Eva, translator.
Title: Life according to Og the frog / Betty G. Birney.
Description: New York, NY: G. P. Putnam's Sons, [2018]
Summary: "Og the Frog tells the story of how he first came to Room 26, where he meets
Humphrey the hamster, befriends the students, and writes poems and songs"
—Provided by publisher.
Identifiers: LCCN 2017028971 (print) | LCCN 2017040532 (ebook) | ISBN 9781524739959
(Ebook) | ISBN 9781524739942 (hardcover)
Subjects: | CYAC: Frogs—Fiction. | Pets—Fiction. | Schools—Fiction. | Hamsters—Fiction.
Classification: LCC PZ7.B5229 (ebook) | LCC PZ7.B5229 Lif 2018 (print) | DDC [Fic]—dc23
LC record available at https://lccn.loc.gov/2017028971

Puffin Books ISBN 9780593110584

Printed in the United States of America

Design by Eileen Savage
Text set in Warnock Pro

1 3 5 7 9 10 8 6 4 2

Gracias a todos los fabulosos niños de tercero (ustedes saben quiénes son) que hacen que mi vida sea mejor en todos los sentidos.

ÍNDICE

· · · · · · · · · · · · · ·

Mi salto al Aula 26

· · · · · · · · · · · · · · ·

Ahí está, justo frente a mí, entre el césped alto. El bocadito más jugoso que jamás he visto. Lindo, gordito, con patas puntiagudas e inquietas antenas. Un grillo de ensueño.

Ahora, solo tengo que atraparlo con mi larga y maravillosa lengua, lanzarlo a mi boca y ¡mmm! El momento es perfecto...

—¡HIIIC-HIIIC-HIIIC!

¡BOING! No hay ningún grillo. Ni siquiera césped alto. Creo que sólo estaba soñando despierto.

En lugar del pantano, estoy en mi tanque en el Aula 26 de la Escuela Longfellow y esa criatura peluda en la jaula de al lado vuelve con lo mismo.

—¡HIIIC-HIIIC-HIIIC!

No llevo mucho tiempo aquí, pero eso es lo único que dice con un chillido agudo.

Nunca vi a nadie como él en el pantano.

Es peludo, con ojitos redondos como cuentas y bigotes grandes. Parece un ratón con rabo corto, pero es más regordete. Su pelaje tiene un extraño tono marrón amarillento, ¿eso es normal? Y produce ese chillido agudo continuo. (Yo creo que está un poco chiflado).

Siento la piel seca, así que me dejo caer en el gran plato de agua en mi tanque.

¡PLAF!

Esta agua está mucho más limpia que la del pantano donde yo vivía. La maestra cambia el agua todos los días. Está bien, aunque un poco de fango no le hace daño a nadie.

—A ver si salpicamos un poco menos —dice la maestra.

Saco la cabeza del agua y veo que me está sonriendo.

—¿Habla… conmigo? —pregunto.

Algunos de los estudiantes sueltan una risita nerviosa.

A ellos les *gusta* reírse así.

Llevo poco tiempo en la escuela, pero puedo adivinar que la humana grande es la maestra y los humanos pequeños son sus estudiantes. Es como Abuelita Verdecita enseñando a los renacuajos en el pantano, pero estos renacuajos son mucho más grandes.

No tengo idea de por qué el peludito y yo estamos aquí. No tenemos nada en común ni con los humanos ni entre nosotros.

No me malinterpreten. Aunque a veces siento como si los chillidos perforaran mi piel verde brillante (con flamantes lunares negros), me alegra estar viviendo en el Aula 26 y haber salido del Aula 27.

Claro que preferiría estar de vuelta en el pantano, pero

salto de alegría por estar en cualquier sitio lejos de George.

De hecho, durante un tiempo, solo pensaba en alejarme de George.

George es la *otra* rana en la clase de la señorita Loomis, donde comencé en la Escuela Longfellow. Él *no* era una rana simpática. A decir verdad, hasta que llegué yo, él era la única rana en el Aula 27. Supongo que le gustaba que fuera así.

Pero no fue idea mía mudarme a un salón de clases. Yo estaba conforme con vivir en el pantano. Era un paraíso para las ranas, con una oferta suculenta de toda clase de insectos que se puedan imaginar.

Yo comía grillos en el desayuno, libélulas en el almuerzo, escarabajos y saltamontes en la cena y un bocadito de mosquitos antes de dormir. También había deliciosos caracoles y otras criaturitas crujientes. ¡Mmm! ¡Qué ricos! Había mucha agua para mantener mi piel mojada y lugares húmedos con mucha hierba donde podía esconderme. Tenía que esconderme a menudo porque también había peligros.

Pájaros con picos largos y serpientes sinuosas. Lagartos al acecho y también algunos enemigos peludos.

Pero yo puedo nadar y saltar, así que, con un brinco, un salto y un rebote me ponía a salvo. Al llegar a un escondite húmedo y pegajoso, podía fantasear todo lo que quisiera. ¡Me gusta mucho fantasear!

Todas las mañanas, levantaba la vista al cielo y cantaba una alegre canción.

La vida en el pantano me hace cantar,
allí todos jugamos a brincar.

¿Qué es eso que veo en el matorral?
¡Es un sabroso grillo para desayunar!

Me siento aquí, al amanecer,
y canto al pantano de mi querer.

Pensé que a George le gustaría mi canción, pero no fue así, definitivamente no le gustó. No le gustaba nada sobre mí.

Y es que George es una rana toro, y es sabido que las ranas toro son las bravuconas del pantano.

En primer lugar, son GRANDES. Además, son ruidosas y mandonas. Si juntas a un grupo de ranas toro por la noche, ¡no vas a poder creer la algarabía! Ellos dicen que eso es cantar. Yo le llamo gritería.

El peor era una criatura llamada Louie Lenguilarga. Louie era todo boca y nada de cerebro. Creo que era pariente de George.

Louie no se callaba la boca, hasta el día que una grulla patilarga lo silenció para siempre. Por fin llegó la paz al pantano.

Pero con George en el Aula 27 no había paz.

Él era un bravucón; le caí mal desde el principio y me lo dejó claro.

George me decía cosas *terribles* todo el santo día. No las voy a repetir, porque él decía insultos que ningún renacuajo, grande o pequeño, debería oír nunca.

Era espantoso, pero, afortunadamente, aprendí a bloquearlo, de manera que yo oía lo mismo que oían los humanos:

«¡RUM-RUM. RUM-RUM. RUM-RUM. RUM-RUM!».

Algunas veces, yo contestaba cortésmente con la voz clara y fuerte de una rana verde: «¡BOING!» Yo diría. «Ah, ¿de verdad? ¿Eso crees?»

Las ranas comunes pueden croar, pero las ranas verdes como yo tenemos un timbre nasal especial.

«¿Quién lo dice?» Le repetía yo con un *boing*.

Las ranas verdes estamos orgullosas de nuestro timbre nasal. Cuando soltamos un *boing*, todas las criaturas del pantano saben exactamente quiénes somos.

Pero a George eso no lo impresionaba. Él gritaba todavía más fuerte: **«¡RUM-RUM. RUM-RUM!».**

Y así pasábamos todo el día. Todo ese ruido hacía saltar como una liebre a la señorita Loomis. Apenas podía dar clases por el escandaloso de George.

El problema no terminaba en la noche tampoco. No sé si George dormía alguna vez, porque se pasaba toda la noche con una constante sarta de «RUM».

Yo nunca tenía tiempo de hacer lo que más me gusta:

Flotar. Dormitar. *Ser*. Ahí era cuando dejaba volar mi imaginación hasta las nubes. Siempre se me ocurrían así mis mejores ideas.

Así que, cuando la señorita Loomis le explicó al grupo que yo me mudaría del Aula 27 al Aula 26, mi corazón comenzó a latir con la rapidez de las alas de un colibrí.

Yo no sabía nada sobre el Aula 26, pero *tenía* que ser mejor que vivir al lado de George. Cualquier lugar sería mejor sin George.

La maestra del Aula 26 es la señora Brisbane y parece agradable. No es asustadiza, como era la señorita Loomis. Ella es estable como una salamandra.

Habla en voz baja, pero no demasiado suave. Tiene una bonita sonrisa y ojos avizores como las águilas que podrían callar con una sola mirada hasta al mismísimo George. (Bueno, quizás no tanto).

En el breve tiempo que pasé en el Aula 27, aprendí a descifrar algunos de los sonidos que hacen los humanos en el aula. Pero no era fácil, con George repitiendo todo el tiempo **«RUM-RUM»**.

Una clase en el Aula 27 sonaba algo así: «Niños, saquen sus libros y ábranlos en la página **¡RUM-RUM!**». O «la capital de España es **¡RUM-RUM, RUM-RUM!**».

Es asombroso que los estudiantes aprendieran algo.

Aprendí un poco más sobre el lenguaje humano en las vacaciones, cuando la señorita Loomis nos llevó a George y a mí a su casa. Claro que no podía dejarnos cerca uno del otro sin que George disparara una sarta de **RUM-RUM**. Así que lo colocó en una habitación en un extremo de su casa y puso mi tanque en una habitación en el otro extremo.

Yo estaba en la habitación con la caja de imágenes, que después supe que se llamaba televisión.

Algunas veces, la señorita Loomis se quedaba dormida mientras la veía y la televisión se quedaba encendida toda la noche. Así fue como aprendí realmente a entender la forma de hablar de los humanos. Palabras como *noticias* y *alivio del dolor*. Y los programas de concursos eran muy educativos.

Por ejemplo, ¿sabías que hay lugares llamados desiertos donde caen menos de diez pulgadas de lluvia al año? ¡No creo que mis amigas ranas y yo nos mudemos por el momento a ningún desierto!

Ah, y la capital de España es Madrid.

El dato más fascinante que he aprendido de un programa de juegos es que el salto de rana más largo que se ha registrado es de… ¿Estás listo?… ¡33 pies y 5.5 pulgadas! ¡Voy a necesitar mucha práctica para romper esa marca!

Claro que no tengo tanto espacio en mi tanque para saltar.

Cuando llegué por primera vez al Aula 26, con la voz agradable de la señora Brisbane y sin George que interrumpiera, pude por fin oír lo que pasaba.

La señorita Loomis llevó mi tanque al aula y los estudiantes estaban tan emocionados de verme como yo cuando me enfoco en un grillo.

Mientras ella explicaba que George no se llevaba conmigo, todas las miradas estaban sobre mí, incluyendo un par de ojitos redondos como cuentas que pertenecían a la bola de pelo flacucha que vivía en una jaula a mi lado.

Alguien emitió un extraño sonido: «Croac». No sonaba como algo que yo hubiera oído antes en el pantano, pero todos se rieron otra vez.

Cuando la señora Brisbane dijo que yo sería un buen amigo para Humphrey, oí un pequeño chillido del peludito de al lado. ¡Humphrey debe de ser su nombre!

Después que la señorita Loomis se fue, los estudiantes se reunieron alrededor de mi tanque para mirarme más de cerca. Todos menos una niña pelirroja que se veía tan triste como un castor de pantano sin dientes.

Los estudiantes tenían muchas preguntas y la señora Brisbane sabía las respuestas. Ella explicó que soy un anfibio, así que tengo sangre fría.

Dijo que los hámsteres como Humphrey son de sangre caliente. ¡Así que Humphrey tiene que ser un hámster!

Oí algunos pequeños chillidos que venían de al lado... y yo dejé escapar un enorme «¡BOING!».

Los estudiantes se echaron a reír. Todos se reían cada vez que yo decía «¡BOING!».

Era como un juego. Yo decía «¡BOING!» y todos se reían.

Un *boing* puede significar que estoy contento o triste o puede ser la respuesta a una pregunta, pero, lamentablemente, los humanos no pueden entenderme.

Cuando los renacuajos humanos quisieron saber lo que yo comía, la señora Brisbane les dijo: «La señorita Loomis dice que le gustan los insectos» (lo cual es cierto). Nada más de pensar en un grillo jugoso y delicioso se me hace la boca agua.

Pero los estudiantes exclamaron «¡fuchi!» e hicieron muecas. Excepto Humphrey, que dejó escapar una serie de tres chillidos agudos: «¡HIIIC-HIIIC-HIIIC!».

Yo creo que en el pantano no podrían oírlo con todos los animales ruidosos que hay allí, sobre todo las ranas toro. Sus chillidos tampoco suenan perversos como los estruendos de George. Parece inofensivo, aunque un poco irritante, como una mosca con pelo. Y es como un peluchito, no presenta ningún peligro para mí. No podría asustar ni a una babosa.

La señora Brisbane les aseguró que es normal para las ranas comer grillos, ¡sí señora! Por suerte, la señorita Loomis había enviado un frasco de grillos junto conmigo. La vida es mejor con un frasco lleno de grillos... y sin George.

Desde el momento que llegué, pensé que el Aula 26 sería mejor que el Aula 27. Pero como diría Abuelita Verdecita: «Solo el tiempo dirá».

Igual que en el aula de la señorita Loomis, cuando suena la campana en el Aula 26, los renacuajos humanos salen del salón de clases, pero el peludito y yo nos quedamos.

¡BING-BANG-BOING! Sin George, el silencio es un alivio.

Estoy a punto de echar una cabezadita cuando oigo otra vez ese sonido.

Es algo chirriante, pero esta vez no suena como el peludito.

¡Chiiir-chiiir-chiiir!

Echo un vistazo a su jaula y ¿qué creen? Mi diminuto vecino está corriendo dentro de una enorme rueda.

¡Chiiir-chiiir-chiiir!

¡Santos caracoles! ¿Quién da vueltas en una rueda? En el pantano nadie hace eso.

Y entonces empieza a chillar.

—¡Hiiic-hiiic-hiiic!

¡Chiiir-chiiir-chiiir!

No es para nada tan malo como estar cerca de George, pero, de repente, siento nostalgia por los zumbidos, canturreos, crujidos, triquitraques, graznidos, gorjeos y sonidos sibilantes del pantano.

Me trepo al plato de agua para reflexionar sobre mi día. Es más fácil pensar cuando estoy mojado.

Los sonidos de chillidos y chirridos se suavizan mucho debajo del agua. Entonces suena la campana; ese sonido puedo oírlo incluso debajo del agua.

Los estudiantes regresan y pronto la señora Brisbane empieza a hablar de mi viejo hogar. ¡Guau! ¡No sabía que los árboles en los alrededores del pantano podían ser tan viejos! ¡Incluso más viejos que Abuelita Verdecita!

Es extraño pasar toda la tarde en el interior. En el pantano, pasaba las tardes buscando comida. (Algunas veces, me quedaba corto). Claro, ahora no tengo que hacer eso.

Aquí no tengo nada que hacer. Es una vida fácil (pero quizás un poco aburrida).

Después de un rato, otra vez suena la campana.

Levanto la cabeza y veo a los estudiantes irse de nuevo: el niño con lentes que siempre es el primero en salir, el niño ruidoso, la niña tímida, la niña de la risita nerviosa.

En poco tiempo, el peludito y yo nos quedamos solos en el Aula 26.

Por un momento, echo una cabezada sobre mi roca, pero no es fácil dormir con esa cosa redonda en la pared haciendo tictac a todo volumen.

Los humanos la miran para saber qué hora es. Supongo que nunca se les ha ocurrido simplemente mirar al cielo: el sol, la luna y las estrellas. En el pantano, puedes saber qué hora es sin ruidos de tictac ni campanas escandalosas.

Poco a poco, el aula se oscurece y salto de alegría porque el peludito está callado. Quizás él también está dormitando.

Entonces, de repente, mi vecino abre de golpe la puerta de su jaula y se escabulle hasta mi tanque. ¿No se supone que alguien debió haber puesto un candado en esa puerta?

—¡HIIIC-HIIIC-HIIIC!   ¡HIIIC-HIIIC-HIIIC-HIIIC!
—dice muy emocionado.

Creo que está tratando de decirme algo. ¿Creerá que puedo entenderlo?

En el pantano, las ranas y las criaturas peludas *nunca* son amigas. Sin embargo, él es mucho más amigable de lo que jamás fue George.

Decido darle una gloriosa bienvenida de rana verde.

Me acerco de un brinco a mi vecino y le digo en mi fabuloso estilo anuro:

—¡Aquí la rana encantada... de conocerte! ¡BOING-BOING!

Pero, ¿qué crees? El peludito ha puesto cara de espanto.

Da un salto atrás, sale corriendo hacia su jaula y tira la puerta detrás de él.

Poco después, solo se oye en el aula el ruido del tictac y la suave canción de los grillos.

¡Hasta ahí llegó la amistad!

Mi curva de aprendizaje

· · · · · · · · · · · · · · · ·

El sol se pone en el cielo anaranjado y rosado y los grillos comienzan a cantar. Todas las criaturas del pantano se unen en una canción de despedida al sol. Pronto, los búhos y los murciélagos estarán merodeando, así que me agazapo en el alto y húmedo pastizal y espero.

De repente, el Aula 26 está tan brillante como la luz del día. Me levanto de un salto, justo a tiempo para ver a un hombre alto que parece tener un pedazo de musgo sobre su labio. Entra al aula empujando algo sobre ruedas.

¡Caramba! Debo haber estado soñando despierto porque este lugar no se parece en nada al pantano. No hay búhos, ni murciélagos, ni pasto, ni puesta del sol. Tan solo un tanque sobre una mesa en un salón de clases de la Escuela Longfellow.

Pero yo conozco a este hombre porque también iba al Aula 27 todas las noches entre semana.

—¡Llegó la alegría, sí, Aldo ya está aquí! —dice.

—¡Hola otra vez! —lo saludo por costumbre. Creo que él lo único que oye es «¡BOING!».

—Ah, pero si yo te conozco —me dice—. La rana del aula al final del pasillo. ¿Qué haces aquí?

Por supuesto, el peludito interviene.

—¡HIIIC-HIIIC-HIIIC!

Y Aldo le contesta. Hasta sabe el nombre de Humphrey. ¿Hablará el idioma hámster?

Me doy cuenta de que su nombre suena como algo que dirían las ranas toro: **¡RUM-RUM-RUMPHREY!**

Aldo pone algo redondo y rojo dentro de la jaula de Humphrey.

—Te traje un tomate, amigo —le dice.

Humphrey lo engulle de un bocado y sus mejillas se inflan.

¡Madre mía! Eso no me lo esperaba.

Aldo dice que lamenta no haberme traído nada y entonces se sienta a comer su cena.

Habla mientras come y Humphrey chilla y vuelve a chillar. Me doy cuenta de que Aldo le cae bien.

Y Aldo tiene grandes noticias: se acaba de casar. El peludito le contesta con un chillido y hace un triple salto mortal. ¡Vaya que está entusiasmado!

Es increíble ver a este hombre limpiar el aula: barre, quita el polvo y pule. Trabaja como una hormiguita y tiene la gracia de una libélula.

En poco tiempo, Aldo se ha ido y el aula vuelve a

quedarse a oscuras. Espero y escucho. El peludito está muy callado.

Por fin, ha llegado la paz al Aula 26, hasta que...

¡Scritch-scritch-scritch!

El chirrido es muy fuerte.

Salto al lado de mi tanque que queda de frente a la jaula de Humphrey. Por todos los pantanos, ¿qué está haciendo?

Me quedo mirándolo por varios segundos hasta que me doy cuenta: está escribiendo con un diminuto lápiz en un diminuto cuaderno.

¡Garabatea y garabatea! ¡Scritch-scritch-scritch!

¿Esta pequeña bola de pelo puede escribir? ¿De dónde sacó el cuaderno y el lápiz? ¿Cómo aprendió a hacer eso?

Por un brinco, un salto y un rebote, estoy un poco celoso. Claro que mis patas palmeadas no podrían sostener muy bien un lápiz, y un cuaderno no duraría mucho en mi tanque.

Quizás sólo está presumiendo. Por lo menos no es tan ruidoso como George. Tampoco habla mal de mí, hasta donde sé.

Decido darme un buen baño en mi plato y dejar que el agua amortigüe el ruido.

¡Ah! ¡Funciona!

Pero me pregunto qué está escribiendo Humphrey. ¿Estará escribiendo sobre mí? Si es así, ¿qué pensará de mí?

Después de un rato, el suave susurro del agua se lleva todos los pensamientos y puedo Flotar. Dormitar. Ser.

Me quedo un rato en remojo y luego salto a mi roca. El

tictac del reloj se oye mucho más fuerte que antes.

De hecho, es casi tan ruidoso como la noche en el pantano.

Al anochecer, empieza el coro de las ranas toro. Sí, lo recuerdo bien.

¡RUM-RUM!
¡Somos las guardianas, defensoras del pantano!
¡RUM-RUM-RUM-RUM!
Nos encanta vivir en las malezas.
¡RUM-RUM!
¡Somos las ranas héroes, protectoras del pantano!
¡RUM-RUM! ¡RUM-RUM!
Nos encanta cantar nuestras proezas.

En mi opinión, no es una gran canción. ¿Defensoras del pantano? Si Chopper, la vieja y grande tortuga serpentina, tan solo les sisea, las ranas toro desaparecen de un salto de sus adoradas malezas. ¡Yo lo he visto!

Bueno, yo también salgo corriendo porque ninguno de nosotros está a la altura de Chopper. Pero, por lo menos, yo no pretendo ser algo que no soy.

A la mañana siguiente, la señora Brisbane pasa lista de los estudiantes. Cada uno va respondiendo por turno «aquí» cuando oye su nombre.

¡Eso es de mucha ayuda! Ahora ya sé sus nombres.

A.J. es el de la sonrisa amplia y la voz fuerte, pero es mucho más agradable que una rana toro.

Sayeh es la niña a la que no le gusta hablar mucho. Ella es dulce como una madreselva.

Art se parece un poco a mí. Le gusta mirar por la ventana y soñar despierto. Me pregunto en qué estará pensando.

Heidi es la niña que suelta las respuestas en clase. Me recuerda a Buholberto, que se pasa toda la noche asustando. «Buuu... Buuu». Ulula tanto que, después de un rato, pienso: «¿A quién trata de asustar?»

Seth no se puede quedar tranquilo. Es tan inquieto como una culebra de agua.

Y Mandy se queja como las ranas de primavera, que nunca aflojan. Se pasan todo el día y toda la noche con su «PIP-PIP-PIP».

Alguien importante se detiene a saludarme. Lo conocí una vez en el aula de la señorita Loomis. Es el señor Morales y es el director de la escuela. Parece que un director es un humano muy importante. Usa una corbata con libélulas que se ven deliciosas.

Nunca vi una corbata antes de llegar a la Escuela Longfellow, pero tampoco había visto nunca antes una mochila, ni una pizarra, ¡ni siquiera un humano de cerca!

—¿Cómo se está adaptando el nuevo alumno? —le pregunta a la señora Brisbane.

—Muy bien —responde ella.

El director se asoma a mi tanque.

—¡Hola!

Lo saludo con un *boing*.

Él se ríe.

—Me dicen que George está mucho más tranquilo desde que Og se mudó —comenta.

¡Eso debe de ser un gran alivio para la señorita Loomis!

A medida que transcurre la mañana, puedo entender las clases, particularmente la que trata sobre las ranas. La señora Brisbane muestra una gráfica con muchas ilustraciones.

¡BING-BANG-BOING! ¡De esas cosas yo sí sé! Hay huevos, renacuajos, ranitas jóvenes y una rana verde muy guapa que se parece mucho a mí.

Los estudiantes escuchan en silencio y hasta Humphrey-Rumphrey no dice ni «hiiic» ni hace chirriar su rueda mientras la señora Brisbane habla.

Soy todo oídos (aunque no puedas verlos). La señora Brisbane hace interesante el aprender... y no está George para interrumpir.

Sólo quisiera poder entender a Humphrey. Únicamente le oigo decir: «¡HIIIC-HIIIC-HIIIC!».

Él se pasa casi todo el tiempo en movimiento, pero algunas veces desaparece dentro de una simpática cabañita donde duerme. Digo, yo supongo que estará durmiendo, pero ¿quién sabe?

Cuando está despierto, si no está dando vueltas en su rueda o chillando a todo pulmón, se sube por un lado de su jaula. Entonces salta (aunque no como lo hago yo) a la rama de su árbol y se deja caer hasta el fondo de su jaula, que está cubierta con un material suave.

Cuando suena la campana, se sube a su ruidosa rueda. Si un estudiante hace una pregunta, allá va él: «¡HIIIC-HIIIC-HIIIC!»

Si la señora Brisbane escribe en la pizarra, Humphrey se sube al techo de su jaula y se balancea con una sola pata.

Si pudiera hablar con él, le diría que tomara la vida con más calma. Flotar. Dormitar. *Ser.*

Cuando la señora Brisbane habla sobre las ranas, sus estudiantes se ven asombrosamente interesados. No estoy seguro de que Humphrey esté prestando atención hasta que Heidi hace una pregunta y él se desliza hasta el frente de su jaula para escuchar.

—¿De dónde vino Og? —pregunta Heidi.

—De un huevo —le responde la señora Brisbane.

Eso parece correcto, aunque yo no recuerdo esa parte.

Heidi niega con la cabeza.

—No. Quiero decir, ¿cómo llegó al aula de la señorita Loomis?

—Ah, ya veo —responde la señora Brisbane—. Esa es una buena pregunta. Voy a preguntarle a ella.

La maestra continúa diciendo que me gusta comer grillos. La señora Brisbane hace una mueca mientras lanza uno en mi tanque y yo lo agarro en el aire con la lengua.

¡Los renacuajos humanos están muy impresionados!

Estoy esperando otro grillo cuando la niña llamada Mandy mete la mano en mi tanque y me agarra. Sin preguntar. Me toma por sorpresa y no es agradable.

¡Y después se queja a gritos porque me hice pis en su mano! No es mi *intención*, pero es lo que hacemos las ranas para protegernos cuando un extraño nos agarra. Y funciona. Mandy me suelta enseguida.

Ella se queja también de otras cosas. Más temprano en el día, la oí quejarse de una niña llamada Tabitha. Mandy explicó que trataba de jugar con ella, pero Tabitha no era amigable.

—Quizás es tímida —le dijo Sayeh—. Yo también lo era cuando llegué aquí por primera vez porque vengo de otro país y me daba vergüenza no hablar bien el idioma.

—Eras tímida, pero siempre fuiste amigable —aclaró Mandy.

🐾 🐾 🐾 🐾

Poco después, la señora Brisbane deja de hablar de las ranas y empieza a hablar de números y resta, pero yo no entiendo mucho de lo que dice.

Esto es lo que yo sé de números: Yo tengo una cabeza. No tengo cola, cero colas. Tengo cuatro dedos palmeados en mis dos patas delanteras y cinco dedos palmeados en mis dos patas traseras, lo que me hace muy fuerte y ¡capaz de saltar muy alto!

¿La mayor cantidad de moscas que he comido de una sentada? ¡Once!

Y hay *cientos* de ranas toro cantantes en el pantano donde vivía. Demasiadas para contarlas.

¿Qué más necesito saber?

Mientras la maestra dibuja números en la pizarra, yo me deslizo en el plato de agua.

Hora de Flotar. Dormitar. *Ser.*

Un poco más tarde, la señora Brisbane llama otra vez mi atención cuando lee algo y habla sobre palabras que riman.

Los poemas son nuevos para mí, pero resultan ser muy parecidos a las canciones que me gusta cantar, aunque sin música.

Rimar palabras es pan comido y divertido. ¡Eh, eso también rima!

Unos días después, los renacuajos humanos gruñen cuando ella les dice que tienen que escribir un poema.

Empiezan a trabajar y se oyen más gruñidos porque algunos están escribiendo sobre Humphrey y no se les ocurre ninguna palabra que rime con su nombre.

Tampoco hay una que rime con *hámster.*

Yo tengo suerte porque mi nombre, Og, rima con *frog,*

que quiere decir *rana* en inglés y *rana*, a su vez, rima con un montón de palabras grandiosas como gana, lana, nana, sana. Y empiezo a entenderlas todas.

Al final del día, me quedo dormido… hasta que me despierta el espantoso ruido.

¡Chiiir-chiiir-chiiir!

Es Humphrey-Rumphrey dando vueltas en esa rueda. Los estudiantes ya se han ido y nos quedamos solos otra vez.

De repente, da un salto desde su rueda y abre de golpe la puerta de su jaula.

En un abrir y cerrar de ojos, tiene su cara peluda pegada al lado de mi tanque. ¡Mira esos locos bigotes cómo se mueven!

—¡HIIIC-HIIIC-HIIIC! ¡HIIIC-HIIIC-HIIIC!

Me mira directamente y chilla con toda su fuerza.

Sé que está tratando de decirme algo, pero aunque ya he aprendido algo del lenguaje humano, todavía no tengo ni idea de *qué* está diciendo.

Cualquier cosa que yo diga, sé que no me va a entender. Y no quiero brincar y asustarlo otra vez. Así que sólo sonrío.

Sigue chillando por un rato, pero no nos entendemos. Estoy tan frustrado como una libélula miope tratando de posarse en una ramita en un día ventoso.

Supongo que Humphrey también está frustrado. Después de un rato, se da por vencido y regresa a su jaula.

—Lo siento, compañero —murmuro, pero creo que no me oye.

Cuando Aldo llega a limpiar, le agradezco el bocadito que me lanza al tanque.

—La señora Brisbane me pidió que te diera esto —dice—. ¡Buen provecho!

¡BING-BANG-BOING! Claro que sí, porque es un... *¡grillo!*

Está r(an)iquísimo y salto de alegría. (Bueno, en realidad no es tan difícil hacerme saltar).

—Muchas gracias —le digo. Él solo se ríe.

Más tarde esa noche, oigo otra vez a Humphrey garabateando en su cuaderno.

¡Scritch-scritch-scritch!

¿Por qué me parece que está escribiendo sobre mí? Después de un rato, se queda callado.

Una suave luz entra por la ventana, como si la luna se posara sobre un poste.

Estoy contento y poco después me quedo dormido.

El fin de semana extralargo
· · · · · · · · · · · · · · · ·

Amanece en el pantano. ¿No es el mejor momento del día?
Los murciélagos, los búhos y las temibles criaturas de la
noche duermen. Las ranas toro todavía están calladas y las
libélulas apenas empiezan a abrir sus alas. Están en su
punto más lento antes de calentar los motores, así que, si
logro acomodarme bien, tendré un exquisito desayuno...

—Niños, su atención, por favor.

Es la voz de la señora Brisbane. Yo *estaba* poniendo
atención a mi plan de atrapar una deliciosa libélula, pero
volvamos a la realidad.

Yo pongo atención, pero ella solo habla del almuerzo y la
cafetería, así que regreso a soñar despierto con esa libélula.

Cuando los renacuajos humanos regresan de almorzar,
algunos estudiantes pasan por nuestra mesa a saludar.

—¡Hola, Og! —Ese es Art, el niño soñador—. ¿Sabes una
cosa? Algunas veces, me olvido de poner atención en la clase
y me quedo mirando por la ventana. Ahora que estás aquí,
algunas veces, te observo.

—Yo también te observo —le contesto. Sonríe y dice que soy gracioso.

Veo que Garth está frente a la jaula de Humphrey y se ve feliz como una lombriz.

—Hoy es viernes —le dice al hámster—. ¡Es mi gran día!

Humphrey chilla con alegría, así que supongo que también es un gran día para él.

Poco después, Tabitha se acerca a saludarme. Se ve tan triste como una lombriz capturada por un pez.

—Hola, Og. ¿Te gusta el Aula veintiséis? —me pregunta.

Tabitha casi no habla con nadie de la clase, así que me sorprende que hable conmigo.

—No está mal —le contesto francamente.

Cuando oye mi «¡BOING!», se le dibuja una enorme sonrisa. Creo que es la primera vez que la veo sonreír.

—¡BOING-BOING! —le repito, rebotando.

—¡Eres tan cómico! —dice Tabitha—. ¿No te parece, Smiley?

Mira a su alrededor para asegurarse de que no haya nadie cerca y saca de su bolsillo un raído osito de peluche.

—Smiley, te presento a Og.

Menos mal que no es un oso de verdad. (¡Los osos de verdad son más aterradores que las tortugas serpentinas!) Así que digo:

—¡Hola, Smiley!

Tabitha se ríe tontamente.

—¿Oíste eso, Smiley? Así es como habla Og. *¡BOING!*

—vuelve a reírse y me pongo boing contento. La señora Brisbane pide a los estudiantes que regresen a sus mesas, pero me siento orgulloso porque hice sonreír a Tabitha.

Estoy de buen humor... hasta que termina el día.

Ahí es cuando Humphrey empieza a chillar entusiasmado. Garth también está entusiasmado.

Poco después, Garth, con la ayuda de su compañero A.J., le echa una manta por encima a la jaula de Humphrey y ¡se lo lleva del Aula 26!

La señora Brisbane sonríe mientras los observa.

¡Estoy atónito! ¿Acaso están secuestrando a Humphrey? ¿Por qué secuestrarían a un hámster?

Garth y A.J. se ven contentos con lo que están haciendo y también la señora Brisbane. No tiene sentido.

Oigo algunos chillidos provenientes de la jaula cuando los muchachos están saliendo del Aula 26. ¿Qué está tratando de decirme Humphrey? Tal vez es: «¡Hasta nunca!».

Pobre peludito. Esos niños parecían tan buenos... hasta ahora.

Entonces la señora Brisbane también se va y me quedo completamente solo en el Aula 26.

Cuando estaba en el Aula 27 con George, deseaba con todo mi corazón poder quedarme solo.

Pero ahora estoy más solo que nunca.

¿Qué puedo hacer? Estoy atrapado en un tanque con tapa. Es un tanque bonito, con un plato de agua grande, unas cuantas plantas y un lugar seco con rocas, pero es mucho más pequeño que el pantano.

No hay nada que pueda hacer para ayudar a Humphrey, el hámster perdido. Así que hago lo único que se me ocurre. Tomo una siesta.

Me despierto cuando entra Aldo a limpiar.

A él no parece preocuparle la desaparición del hámster.

Él sonríe y habla mientras barre y quita el polvo.

Observar a Aldo es más entretenido que observar a un halcón desorientado.

Contengo la respiración… y me lanza otro grillo. ¡Ceno como el rey del pantano!

Pero, cuando Aldo se va, el Aula 26 está aún más silenciosa que entre semana. Incluso el ruidoso tictac del reloj suena ahora como música para mis oidos, aunque ya apenas lo oigo.

Así que hago lo que hacía en las noches solitarias del pantano. Canto.

Yo quisiera un hogar
donde vea campear
anfibios, tortugas y más,
donde nada me pueda
desmoralizar
¡y pueda grillos saborear!

27

El pantano es mi hogar,
donde veo a las ranas saltar,
donde nada me puede
desmoralizar
¡y puedo grillos saborear!

Canto todas las canciones que recuerdo y, después, vuelve el silencio, excepto por el reloj.

Como no tengo nada mejor que hacer, decido pasar un rato observándolo, porque siempre está cambiando. Una manecilla o flecha pequeña se mueve en círculos lentamente, número por número, y otra más larga se mueve más rápido alrededor del círculo.

Después de un rato, lo entiendo. Los números representan las horas. Esto puede ser muy útil, particularmente en un salón de clases, donde no siempre puedo contar con observar el sol para saber qué hora del día es.

La flecha más rápida seguro que muestra los minutos. Y hay otra flecha diminuta que corre alrededor del círculo para mostrar los segundos.

¡Los humanos deben de ser más inteligentes de lo que yo pensaba!

La flecha de las horas le da varias vueltas al reloj durante el fin de semana.

Eso es mucho tiempo, pero, por lo menos, tengo agua limpia. Y no estoy acostumbrado a comer a un horario fijo como los humanos y los hámsteres.

Sería fácil sentarme sobre una roca o flotar en el agua todo el día, pero me pondría suave y fofo. Después de todo, en el pantano estaba siempre saltando y rebotando y moviéndome de la tierra al agua y viceversa.

Decido comenzar un programa de ejercicios.

Primero, brinco a mi plato de agua y chapoteo lo más fuerte y rápido que puedo. Después, en lugar de descansar en mi roca, hago saltos de tijera (también llamados *jumping jacks* en honor a un amigo mío del pantano), lagartijas y saltos altos.

Cada salto es un poco más alto que el anterior.

Cuando miro el reloj, ha pasado mucho tiempo. Estoy tan cansado que me duermo enseguida.

Antes de darme cuenta, se abre la puerta del Aula 26 y entra la señora Brisbane.

—¡Og! —dice, corriendo hasta mi tanque—. ¡Estás bien! La señorita Loomis me dijo que te podías quedar aquí solo, pero estuve preocupada por ti todo el fin de semana.

—¡Estoy bien! —le respondo, con la esperanza de que entienda.

—Te ves muy bien —me dice.

¡Eso diría yo! Mi piel está maravillosamente húmeda y mis músculos están en excelente forma para saltar.

Entonces, la puerta se abre de nuevo. Garth y A.J.

regresan con la jaula de Humphrey. ¡Parece que no estaba secuestrado, después de todo! O, de lo contrario, se cansaron de sus chillidos y lo devolvieron.

En cuanto Humphrey y su jaula están en su lugar, él empieza otra vez:

—¡HIIIC-HIIIC-HIIIC! ¡HIIIC-HIIIC-HIIIC!

Parece contento de haber regresado.

Decido relajarme en el agua y, después de un rato, el pequeñín se calla.

Todo parece volver a la normalidad, hasta que la niña llamada Gail suelta una risita nerviosa. Se la pasa mirando a mi tanque y riendo.

Resulta que alguien ha pegado una nota graciosa en el cristal de mi tanque. Yo no puedo verla, pero Gail no puede parar de reírse.

El *alguien* que pegó la nota es Kirk, que le gusta hacer reír a los demás.

Él cuenta muchos chistes. Como, por ejemplo: ¿Qué le dice un pez a otro pez? Nada, nada.

¡Me dio tanta risa que por poco croo!

La señora Brisbane quita la nota de mi tanque, pero todavía no puedo verla. Tiene algo que ver con besar a una rana.

Quisiera poder decirles a los renacuajos humanos que besar es algo que las ranas *no* hacemos.

No llevo mucho tiempo en el Aula 26, pero me parece

que a Kirk le gusta ser el centro de la atención.

En el pantano, eso no siempre es lo mejor. Por ejemplo, hay mariposas nocturnas y libélulas que son muy llamativas y coloridas y les gusta lanzarse en picada con elegancia sobre el agua.

Son preciosas, pero ¡los insectos más llamativos no duran mucho!

En cambio, los sapos, que son simples y sosos, se confunden con el lodo y el fango y casi no se ven.

A pesar de la interrupción, nuestra maestra retoma el hilo de la clase rápidamente.

Yo esperaba seguir aprendiendo sobre el ciclo de vida de las ranas, pero la señora Brisbane empieza el día con algo nuevo que ella llama una prueba de ortografía. La buena noticia es que aprendo algunas palabras nuevas. Me gusta el sonido de la palabra *joya*.

Enseguida pasa de la prueba a los poemas de los renacuajos humanos.

Cuando los estudiantes leen lo que han escrito, puedo entender la mayoría de las palabras. Es increíble cuántas veces repiten *rana*. Y también *Og*.

Todos los poemas están geniales, pero creo que el de Gail es mi favorito.

Og es una rana verde
y de nuestra clase es la mascota.

¿Lo soy? Nunca pensé que podría ser una mascota. Siempre he sido una rana muy independiente.

Como es habitual, Gail tiene que parar de reírse para continuar leyendo.

De todas las ranas que he visto,
¡como Og ninguna rebota!

Guau, yo también tengo ganas de reír. El poema de Richie también es muy ingenioso.

La mascota Og es una rana
y de común no tiene nada.
No es perro, gato ni pajarito;
es un anfibio de sangre fría
que nos ha traído mucha alegría.

Richie se traba un poco con la palabra anfibio y la maestra lo hace repetirla. (Eso le pasa mucho a Richie).

Ahora le toca el turno a Tabitha de leer su poema.

Tabitha se ve asustada. Da una palmadita en su bolsillo, donde tiene escondido a Smiley.

Todos están esperando, pero ella no ha abierto la boca todavía.

—¡Adelante! ¡Vas a hacerlo bien! —la animo con mi boing.

Tabitha se sobresalta, pero empieza a leer su poema. Lo hace tan rápido que es difícil oírla.

La-gente-piensa-que-los-osos-
son-espantosos-
pero-es-que-nunca-han-conocido-a-Smiley-mi-amigo-
afectuoso.
No-se-queja-no-se-enoja.
No-me-importa-lo-que-digan-
porque-de-no-ser-por-él-
yo-siempre-estaría-sola.

Hay cierta tristeza en Tabitha y su poema. Aunque yo no lo entiendo. Y no entiendo por qué algunos de los otros renacuajos humanos ponen los ojos en blanco cuando oyen lo que dice Tabitha.

—Qué *infantil* —murmura alguien.

Después que todos comparten sus poemas, el chillido triste de Humphrey me hace sentir un poco raro. Humphrey lleva aquí más tiempo que yo, pero ¡ningún poema es sobre él!

Entonces, Seth le recuerda por qué:

—Todos te queremos a ti también, Humphrey. Lo que pasa es que no encontramos palabras que rimaran con *Humphrey* ni con *hámster*. ¿Me entiendes? —pregunta.

Humphrey le contesta con un chillido.

No estoy seguro de qué está diciendo, pero puedo adivinar que se siente un poco excluido.

Así me sentía yo en el pantano cuando mi mejor amigo, Jumpin' Jack, jugaba a saltar el burro con alguien más.

—Es más fácil encontrar palabras que rimen con *rana* que con *hámster* —trato de explicarle a Humphrey. No quiero que esté molesto.

Me responde con un chillido, pero ¿quién sabe *qué* es lo que dice?

¡Yo no!

Mi pasado secreto

· · · · · · · · · · · · · · · ·

*No hay nada como una competencia de chapoteo con mi
amigo Jumpin' Jack. Él levanta una gran ola y yo salpico otra
todavía más alta. Así seguimos, de un lado al otro, hasta que
Abuelita Verdecita nos dice que, si continuamos, ¡acabaremos
con toda el agua! Pero como decimos en el pantano: «Si de
fango te quieres llenar, a tu mejor amigo debes llamar».*

¡Ups! Suena la campana para el recreo. Creo que estaba
soñando despierto otra vez. Ahora hasta mis fantasías
riman.

Veo que Sayeh no se da prisa por salir del aula. En lugar
de eso, espera que Tabitha llegue a la puerta. Me sorprende,
porque Sayeh es tímida y no le gusta hablar. Pero siempre se
esfuerza y habla con el corazón. Es como mi prima Lucy
Lou, que siempre croa la verdad.

—¡Bien hecho, Sayeh! —le digo para animarla. Tal vez
ella tenga más suerte que Mandy para hacer amigas.

Quisiera que ella entendiera todos los significados de
boing.

Sayeh habla con Tabitha y eso me pone boing contento.

Tabitha parecer necesitar amigos.

Me sorprende ver que Tabitha no le responde para nada con amabilidad. Ni siquiera le sonríe ni sale del aula con Sayeh.

¿Por qué pantanos Tabitha no le hace caso a una niña simpática como Sayeh? ¿Acaso es una estirada, como las ranas toro bravuconas?

Antes de lanzarme al agua para refrescarme, oigo el chirrido de la rueda de Humphrey.

¡Chiiir-chiiir-chiiir!

El pequeñín parece molesto.

¿Es que él vio lo que pasó entre Tabitha y Sayeh?

No tiene caso preguntarle, porque solo diría «¡HIIIC!».

Paso el resto de la tarde chapoteando en el agua. Estar mojado me tranquiliza... un poco.

Por suerte, Humphrey se agota de tanto correr en su rueda y desaparece en su aposento.

Hay silencio ahora... momento perfecto para relajarse. Flotar. Dormitar. *Ser.*

Mientras sueño despierto, pienso en un pequeño poema.

No acabo de comprender
a mi vecino en el aula.
Humphrey es peludo, pequeño
y vive en una jaula,

pero no puedo entender
¡ni papa de lo que habla!

Por lo menos me las ingenié para escribir un poema sobre Humphrey sin tratar de rimar algo con su nombre ni con la palabra *hámster*.

¡Soy un poeta y no lo sabía!
Puedo hacer rimas en mis fantasías.
¡Todo en mi mundo es poesía!

Después de clases, la señora Brisbane ordena su escritorio. Me recuerda a la Abuelita Verdecita. «Aunque vivamos en el barro y el fango, debemos ser organizados», diría ella.

Me sorprende que la señorita Loomis entre en nuestra aula con su abrigo en mano.

—Gracias por llevarme a casa —dice la señorita Loomis.

—De nada —responde la señora Brisbane.

—Tengo la información que querías sobre la historia de Og —comenta la señorita Loomis.

Esa noticia me interesa mucho. Salto a mi roca para oír lo que le dice a mi maestra.

—¿Quieres tomar un café de camino para entrar en calor? —pregunta la señora Brisbane—. Así puedes contármelo todo.

La señorita Loomis le da las gracias y le dice:

—Me encantaría.

Eso está muy bien para la señora Brisbane y la señorita Loomis, pero, a menos que me lleven a tomar café, ¡no voy a enterarme de lo que hablen!

Mientras la señora Brisbane se pone el abrigo, la señorita Loomis se acerca a mi tanque.

—Y, ¿qué tal le va a tu alumno estrella? —pregunta.

Antes de que la señora Brisbane pueda contestar, Humphrey sale de su aposento y deja escapar un enorme «¡HIIIC!».

Las dos maestras se ríen. Poco después, ambas se han ido y Humphrey y yo nos quedamos solos... otra vez.

Naturalmente, mi vecino se sube a su rueda. El interminable chirrido es demasiado para mí.

Así que trato de pensar en otra cosa: el pantano. El final del día en el pantano es agitado y ruidoso.

No suena una campana como en la escuela. Pero hay muchos zumbidos, gorjeos, aleteos y hasta algún escalofriante aullido ocasional. El coro de ranas toro es ensordecedor y, por supuesto, mis amigas ranas verdes y yo contribuimos con nuestros entusiastas «BOING» para que todos sepan que también estamos ahí.

Pero, cuando los humanos se van de la Escuela Longfellow y Humphrey se baja de su rueda, el salón se queda tan silencioso como una rana de primavera que ha perdido su voz. Es casi demasiado silencio.

Me parece que Humphrey está de acuerdo porque, poco después, empieza otra vez a chillarme. Creo que el pequeñín está tratando de decirme algo, pero todo lo que oigo es: «¡HIIIC-HIIIC-HIIIC-HIIIC-HIIIC-HIIIC!». Y sigue y sigue y sigue.

—No entiendo ni hiiic de lo que dices —le dejo saber con un fuerte «¡BOING!».

Me contesta con otro chillido y yo vuelvo a decir «BOING». Tenemos una conversación, excepto por un pequeño detalle: *¡No podemos entendernos!*

Me doy por vencido y eso molesta más a Humphrey.

Por suerte, llega Aldo a limpiar. Nunca en mi vida he saltado tanto de alegría al ver a alguien. Por lo menos puedo entender casi todo lo que él dice.

Dice que su sobrino Richie está feliz porque ahora hay dos mascotas en el Aula 26.

¡Ah! Así que Aldo y Richie son parientes. Y supongo que Humphrey y yo somos ambos mascotas de la clase. Eso es algo que tenemos en común.

Me pierdo cuando habla de regresar a estudiar.

¿No está en la escuela ahora?

Mientras habla con Humphrey y conmigo, saca una hoja de papel que debe de tener algo que ver con su plan.

Cuando se va, me preocupa que Humphrey quiera tener otra charla, pero esta vez ni siquiera lo intenta.

A la mañana siguiente, Humphrey sigue sin hablarme. Cuando entran los renacuajos humanos, hay mucho alboroto en el Aula 26, particularmente porque alguien (Kirk, otra vez) ha pegado una hoja de papel en la jaula de Humphrey que tiene a Gail y a los demás estudiantes muertos de la risa.

Humphrey se trepa por un lado de su jaula para tratar de ver y lanza un enorme «¡HIIIC!».

No sé si es un chillido de alegría o no, y tampoco puedo ver el papel desde mi tanque.

—Te crees muy gracioso —le dice Mandy a Kirk.

—Porque lo soy —contesta Kirk.

—Eso molesta —responde Mandy.

—Ay, Mandy, ¿siempre tienes que quejarte por todo? —pregunta Kirk y se dirige hacia los demás renacuajos humanos—. ¿No soy gracioso?

Supongo que lo es, porque todos aplauden a Kirk, excepto Mandy y la señora Brisbane, quien comienza la clase.

Yo creo que Kirk es gracioso, pero no siempre escoge el mejor momento para sus bromas.

En el pantano yo tenía una amiga llamada Gilly que era una rana muy graciosa. Tenía una forma de inflarse que prácticamente duplicaba su tamaño. Al exhalar, dejaba salir un «BOING» agudo y salvaje que nos mataba de la risa a todas las demás ranas, por lo menos la *mayor* parte del tiempo.

Por eso la llamábamos Gilly Graciosita.

Pero cuando Abuelita Verdecita nos estaba dando una lección a los renacuajos sobre cómo atrapar grillos y Gilly hizo su truco, Abuelita se enojó mucho con ella.

«Gilly, hay un lugar y un momento para todo, y cuando estoy enseñando una lección importante, definitivamente *no* es el momento para hacer payasadas» le dijo.

Todos paramos de reír y Gilly bajó la cabeza. Después de la clase, Abuelita hizo que Gilly repitiera el truco una y otra vez. Se cansó tanto de hacerlo, que nunca más lo repitió.

Así que hoy pienso que Kirk necesita aprender cuándo es el momento de ser gracioso. Y cuándo no lo es.

¡Si pudiera conocer a Abuelita Verdecita!

De repente, oigo a la maestra decir:

—Hablé con la señorita Loomis y conseguí alguna información sobre Og.

Todos la miran, incluso Richie y Art, quienes no siempre prestan atención.

Me pregunto si Humphrey está escuchando. Yo sé que *yo* sí escucho.

—Le pregunté a la señorita Loomis de dónde vino Og —dice. Los renacuajos humanos paran las orejas. Yo lo haría también, si las tuviera, pero sólo tengo círculos debajo de mi piel que vibran cuando llega el sonido.

—Descubrí que Og procede de McKenzie's Marsh, que es una ciénaga local —explica.

—¡*Pantano*! —la corrijo—. McKenzie's Marsh es un pantano.

—¡Oooh! —dicen algunos estudiantes.

—¡Ahhh! —dicen los demás.

—El abuelo de uno de los estudiantes de la señorita Loomis estaba pescando allí un día y vio a Og tomando el sol sobre una roca —continúa explicando.

Yo recuerdo bien eso.

Acababa de tener una competencia de saltos con mi amigo Jumpin' Jack. Estaba cansado de tanto saltar y Jack decidió ir por un refrigerio, así que me quedé solo en esa soleada y agradable roca.

De repente, todo se oscureció y ¡no podía ver nada!

«Te atrapé» dijo una voz, pero yo no sabía qué significaba eso. Ni siquiera había oído antes una voz humana tan cerca.

Me envolvieron y me llevaron. No era muy lejos, pero mi piel ya empezaba a secarse. La piel de una rana *nunca* se debe secar.

De pronto, me destaparon y estaba sentado en un auto. Por supuesto, nunca antes había visto un auto.

El hombre grande me miró y murmuró algo que no entendí.

Él estaba sonriendo, pero yo no.

Hurgó en una caja, sacó un bol y le echó agua. Colocó el bol en el piso del auto y me metió en el agua.

¡Ay, qué alivio! Menos mal que el abuelo sabía que las ranas necesitan tener la piel mojada.

Cuando el auto empezó a moverse, el agua chapoteaba

en el bol. El hombre me hablaba, pero yo sólo oía: «Bla-bla-bla».

Debo admitir que estaba asustado. ¿Se preguntarían Jack y las otras ranas qué pasó conmigo? Yo mismo me preguntaba qué me iba a pasar.

Todos en el pantano sabían que a mi primo Gulper Tragón le ocurrió *algo terrible*. Un día, estaba distraído (como de costumbre). Cuando vio un apetitoso gusano, lo atrapó, sin darse cuenta de que el gusano estaba atado a un hilo de pescar.

Cuando vimos a Gulper por última vez, lo estaban enrollando y una mano humana lo metió dentro de una gran bolsa.

Pobre Gulper. Era descuidado… pero era de la familia.

Oír a la señora Brisbane hablar sobre mi pasado secreto me sacudió como una serpiente de cascabel.

—El abuelo pensó que era una rana muy guapa —continúa—. Y pensó que a su nieto le gustaría tenerla como mascota.

—¡No! —gritó Miranda. Está temblando como los juncos en medio de una tormenta—. ¡Eso es… secuestro!

Nada más de pensarlo, yo también tiemblo.

—Yo no sé cómo llamarlo —contesta la señora Brisbane—. El abuelo del niño le dio la sorpresa de llevarle a Og. Fue idea del estudiante compartirlo con el resto de la clase. Como ya tenían a George, él pensó que serían amigos —continúa.

—¿Quién fue? ¿Qué estudiante? —pregunta Miranda.

—Creo que fue Austin March —responde la señora Brisbane.

Heidi se levanta de un brinco y se para al lado de su mesa. —Austin viaja en mi autobús. ¡Lo voy a regañar!

—Eso no sería justo —dice la señora Brisbane—. Él no tiene la culpa.

—Sí, él es un buen chico —dice A.J.

—Estoy segura de que su abuelo pensó que era una buena idea —agrega la señora Brisbane.

—¡*Mala* idea! —respondo, esperando que puedan entenderme, porque en realidad fue una idea *muy* mala. ¿Por qué no le preguntaron primero a George?

Yo sé lo que él habría respondido: «¡RUM-RUM!».

—Así que, de esa manera llegó Og a la Escuela Longfellow. ¿No están contentos por eso? —dice la maestra.

—¡No! —Sayeh se pone de pie al lado de su mesa y alza su voz.

Estoy atónito. ¿*Ella* no está contenta de que yo esté en el Aula 26? Quizás no sea tan dulce como yo pensaba.

Me pregunto qué pensará Humphrey... hasta que doy un vistazo a su jaula y veo que se ha metido otra vez en su aposento. ¿Es que no le interesa mi historia?

—Estoy de acuerdo con Heidi —dice Sayeh—. Og debe estar en el pantano con su familia y sus amigos.

A.J. arruga la nariz y dice:

—Quizás este no es su sitio.

Esto es una bofetada, tengo que decirlo. Apenas empiezo a sentirme cómodo en el Aula 26. ¿Acaso a los renacuajos humanos no les gusta tenerme en la clase?

¿De verdad quieren deshacerse de mí?

—Tal vez este no sea su lugar, pero está aquí ahora —dice la señora Brisbane—. Tendremos que decidir si debe quedarse.

¡Madre mía! ¿La señora Brisbane tampoco me quiere aquí?

No oigo a nadie decir que Humphrey no pertenece al Aula 26.

Estoy verde de envidia, igual que me sentí cuando Jumpin' Jack me derrotó ocho veces seguidas en un concurso de saltos.

Ocho.

Ah, pero en el noveno intento, ¡BING-BANG-BOING! Lo hice besar el polvo... o, por lo menos, el barro.

En el pantano, incluso si las ranas toro fanfarroneaban y bravuconeaban y aun cuando había tortugas serpentinas y otras criaturas hostiles, nadie nunca cuestionó si yo encajaba allí.

Esto es demasiado para mí.

No sé qué pensar, así que me dejo caer en mi plato de agua limpia para Flotar. Dormitar. *Ser.*

Pero esta vez, no funciona.

Muchas gracias, abuelo de Austin March.

En casa de la familia Brisbane
· · · · · · · · · · · · · · · · ·

Es una mañana brumosa en el pantano. Por lo general, en las mañanas se ve todo claramente: las serpientes resbaladizas, las aves remontando el vuelo, los insectos corriendo y descendiendo en picada. Pero, en la neblina, nada se ve con claridad. Solo veo sombras... pero sé qué son. Espero que pronto se disipe la niebla, porque ¡me está dando hambre!

Salgo de la niebla cuando la señora Brisbane empieza la clase. No estoy seguro de entender de lo que está hablando. ¿Nombres, verbos, adjetivos? ¿Qué clase de animales son esos?

Solo pensar que un adverbio me persigue me asusta.

Hay muchas otras cosas que no entiendo.

¿Por qué Tabitha se ve tan triste y solitaria, pero es grosera cuando alguien intenta ser amigable?

Y ¿por qué los estudiantes siempre se ríen con las irritantes payasadas de Humphrey?

Me siento tan inútil como un caimán sin dientes.

En el pantano, podía lograr las cosas en un brinco.

Atrapaba a un grillo con la lengua, retaba a Jumpin' Jack a un concurso de saltos o descubría un nuevo charco donde remojarme.

Aquí, observo cómo pasan las cosas, pero no puedo hacer nada para cambiarlas.

Por la tarde, Tabitha se acerca a mi tanque. ¡Espero que no sea grosera conmigo!

—Creo que Heidi se está portando mal contigo. Apuesto a que es porque eres nuevo en el aula veintiséis. —Tabitha suspira suavemente—. Yo también soy nueva aquí. Es difícil acostumbrarse. No es como mi antigua escuela.

—Lo sé —le digo—. Tampoco se parece al pantano. —Mi fuerte BOING la hace sonreír.

—Probablemente no tienes ni idea de lo que digo —dice Tabitha.

Doy un par de saltos y le digo:

—¡Sí, lo sé!

Suelta una risita nerviosa con mi BOING-BOING.

—Eres gracioso, Og. Hazlo otra vez.

—¡De acuerdo!

Vuelvo a saltar porque me gusta ver la linda sonrisa de Tabitha.

—¡Tú me entiendes! Pero ¿por qué siempre dices «boing»? —pregunta.

Si tratara de explicar, ella no lo entendería. A mí me gustaría entender por qué ella guarda a Smiley en su bolsillo.

Me parece que nadie en el Aula 26 entiende a Tabitha.

Por lo menos todavía no.

Tampoco creo que me entienden a mí realmente.

—Tengo un nuevo hogar y una nueva mamá —me cuenta Tabitha—. Ella es buena y la señora Brisbane también, pero yo no siento realmente que este es mi lugar. ¿Y tú?

—Yo pensaba que sí. Pero ahora yo también estoy confundido —le respondo.

Tabitha sonríe abiertamente.

—Me encanta hablar contigo —dice—. Y cuando me contestas, es casi como si entendieras lo que digo.

Hago un gran esfuerzo para entender muchas cosas. Pero me gustaría que supiera que entiendo lo duro que es cuando las cosas cambian mucho.

Después de que Tabitha regresa a su asiento, Humphrey empieza a chillar sin parar.

¿Está celoso porque ella estaba hablando conmigo? ¿O él también entiende su problema?

Yo sé que él no vino del pantano, pero puede que haya tenido otro hogar antes del Aula 26.

No importa cuánta atención le preste, un chillido suena exactamente igual al otro. Casi siento alivio cuando deja de chillar y se sube a la rueda ruidosa.

¡Hay tantas cosas en el Aula 26 que esta ranita verde no ve claramente!

Llega otra vez el viernes y la señora Brisbane anuncia que Humphrey se irá a casa de Miranda. Me doy cuenta de que ella le simpatiza mucho a Humphrey. Siempre se desliza hacia el frente de su jaula cuando ella está cerca.

A ella también le agrada Humphrey. Cada vez que lo mira, sonríe. Debe apreciar más que yo los chillidos.

Pero cuando la señora Brisbane da la noticia, el chillido de Humphrey suena preocupado.

Por suerte, antes de que el papá de Miranda llegue a buscar a Humphrey y su jaula, Miranda le dice:

—No te preocupes, Humphrey. Mi perro no estará allí para molestarte.

Mi vecino peludito se reanima.

—¡Hiiic! —dice.

Ahora está feliz. Supongo que no le gustan los perros. Para ser tan pequeño, ¡vaya que es complicado!

Por lo menos yo espero tener un fin de semana silencioso, sin chillidos ni ruedas ruidosas.

Pero la señora Brisbane me sorprende cuando se acerca a mi tanque después de clases y dice:

—Og, me preocupé por ti durante todo el fin de semana pasado, así que esta vez, ¡te llevo conmigo a casa!

Si se preocupa por mí, debe quererme, aunque sea un poquito. Eso me hace sentir tan cómodo como una lagartija tomando una siesta bajo un rayo de sol. ¡Casi podría saltar de alegría!

Se siente raro viajar en un auto, particularmente con una manta tapando mi tanque. Me recuerda el día terrible cuando fui secuestrado en el pantano.

Cuando me llevaban dentro del saco, podía oír los «¡BOING-BOING! ¡BOING-BOING!» amortiguados de mis amigos llamándome: «¡Vuelve!».

Espero que hayan entendido que yo no tenía opción.

Una sorpresa me espera en la casa de la señora Brisbane.

Su nombre es Bert Brisbane y es el esposo de la maestra.

Contrario a la mayoría de los humanos que conozco, el señor Brisbane no camina en dos patas. Él se mueve en una silla con ruedas. ¡Es impresionante cómo pasa por las entradas de las puertas y gira en las esquinas!

¡Me hubiera encantado echar carreras en el pantano en una silla como esa!

Todavía más sorprendente es que, desde el momento en que la señora Brisbane lleva mi tanque dentro de la casa, el señor Brisbane se interesa mucho en mí.

—¿Una rana? —El señor Brisbane se inclina cerca de mi tanque—. Pero ¿de dónde has sacado una rana?

—Te lo dije, Bert. Angie Loomis no podía tenerlo más en

su aula, así que le dije que yo me quedaría con él —le dice la señora Brisbane a su esposo.

—Pensé que era algo temporal —contesta él.

¡Me alegro de que no sea así, porque no quiero volver a estar cerca nunca más de esa rana toro bravucona!

—Se llama Og.

El señor Brisbane sonríe y asiente con la cabeza.

—La Rana Og. Me gusta. Pero ¿qué piensa mi amiguito Humphrey sobre él?

¿Su *amiguito*? ¿El esposo de mi maestra es amigo de mi vecinito?

—No estoy segura —responde su esposa—. No puedo entender a ninguno de los dos.

Entonces, el señor Brisbane se dirige a mi tanque, me mira directamente a los ojos y deja escapar un fuerte «¡CROAC!».

Me sorprendo tanto que retrocedo de un salto unas cuantas pulgadas. ¿Por qué todos los humanos piensan que las ranas dicen «croac»?

Lo hace otra vez, con una voz muy rara: «¡CROAC!».

—Bert, él no te entiende —le dice la señora Brisbane.

—¿Por qué no? —pregunta su esposo—. Es una rana, ¿no? Y las ranas dicen «CROAC».

—Esta rana no —explica la señora Brisbane.

Ella tiene razón. Nunca oí a ninguna de las ranas verdes que conocí hacer un sonido tan tonto. Ni siquiera las ranas toro.

El señor Brisbane se acerca más.

—Quizás no dice nada —sugiere él.

Ya no soporto más, así que le digo:

—¡Tengo mucho que decir!

El señor Brisbane retrocede unas pulgadas cuando oye mi «boing». Se ve tan sorprendido como un pájaro papamoscas que ha atrapado una abeja por error.

—¿Qué rayos fue *eso*? —pregunta—. Suena como una cuerda de guitarra rota.

—Ese es el sonido que hace este tipo de rana verde —explica ella con orgullo—. El nombre científico es *Rana clamitans*. Yo lo busqué.

El señor Brisbane solo se queda mirándome.

—*Rana clamitans* —repite.

—Pero ¡puede llamarme Og! —le digo.

Se echa a reír y entonces, ¿saben qué hace? Pega un fuerte «¡BOING!». Hasta hace el sonido vibrante igual que yo.

—Creo que ustedes dos pueden hablar el mismo idioma —dice la señora Brisbane riéndose.

¡Me gustaría que así fuera!

A medida que pasa la tarde, el señor Brisbane sigue vigilándome de cerca.

Por suerte, la señora Brisbane insiste que vaya a la cocina para cenar. Finalmente, me puedo relajar.

Pero en cuanto terminan, el señor Brisbane vuelve a mi tanque a observarme.

¿Acaso piensa que esta es la televisión?

Espero que los Brisbane vean televisión, sobre todo un programa sobre la naturaleza, en exteriores. Incluso no me importaría mirar un programa sobre hámsteres, eso me ayudaría a entender a Humphrey.

Sí, *ese* Humphrey, el *amiguito* del señor Brisbane.

Ser el centro de la atención me pone un poco nervioso, así que me deslizo en el plato de agua a remojarme. Pienso que es aburrido ver a alguien remojarse, pero el señor Brisbane parece fascinado.

Él tiene un montón de preguntas para la señora Brisbane, quien acerca una silla para sentarse a su lado.

—¿No hay ranas que viven todo el tiempo en el agua? —pregunta.

—Hay todo tipo de ranas, incluso hay ranas que viven en los árboles —responde ella.

¡Eso es nuevo para mí!

—Si tuviera un tanque más grande, podría incluso nadar —sugiere el señor Brisbane.

Saco la cabeza del agua.

—¡Esa es una excelente idea! —le digo.

El señor y la señora Brisbane se ríen de mi escandaloso «¡boing-boing!».

Todavía estoy nervioso y agitado de que me miren tanto, así que empiezo mi programa de ejercicios del fin de semana para relajarme: abundante chapoteo seguido de una serie de saltos de tijera.

Me sorprende ver que los Brisbane están impresionados con mi espectáculo.

—¡Mira eso! —exclama la señora Brisbane.

—¡Esa rana es muy vivaracha! —contesta el señor Brisbane.

Después de eso, viene mi versión para ranas de las lagartijas.

La señora Brisbane se queda sin aliento.

—¡No sabía que las ranas podían hacer eso! —exclama. Termino con una serie de saltos altos.

—No puedo creer lo que ven mis ojos —dice la señora Brisbane cuando termino—. Nunca se comporta así en la clase.

—Supongo que quería darnos un espectáculo —responde su esposo.

¡No puedo creer lo agotado que estoy! Si tuviera la sangre caliente, como los humanos, estaría sudando.

Los anfibios como yo no sudamos.

Mientras descanso, los Brisbane hablan sobre las ranas.

La señora Brisbane trae varios libros, los cuales leen juntos.

—¡Mira! —El señor Brisbane señala una página—. ¡Algunas ranas pueden saltar más de veinte veces la longitud de su cuerpo!

—Definitivamente creo que Og puede hacerlo —dice la señora Brisbane.

Me gusta que piense eso, pero yo no estoy tan seguro.

—Eso me recuerda un chiste —dice el esposo—. ¿A dónde van de vacaciones las ranas?

Me imagino que la respuesta será algún pantano, pero me sorprende cuando dice:

—¡A Croacia!

Supongo que ya se le olvidó que las ranas verdes no *croamos*. De todos modos, es tan bueno como cualquiera de los chistes de Kirk.

Ahora tiene una adivinanza.

—¿Qué le dijo un sapo a otro sapo?

La señora Brisbane niega con la cabeza y Bert contesta:

—¡Nada, porque los sapos no hablan!

Si el señor Brisbane hubiera pasado algún tiempo entre sapos, sabría que yo no me parezco a ellos en nada. Pero no me importa. Me recuerda a una de mis criaturas favoritas en el pantano, el Tío Parlanchín. Él es un bondadoso anciano de las ranas verdes que cuenta buenas historias, pero también sabe escuchar.

Yo aprendí mucho con el Tío Parlanchín, como la manera de hacer que mis *boing* se oigan hasta a una milla de distancia y también cómo atrapar a un diminuto mosquito con mi larga lengua.

A él también le gusta contar chistes. A mí me gusta mucho este: «¿Qué hace una ratita en el pantano? ¡Esperando un ratito!».

Apuesto a que al señor Brisbane le gustaría ese chiste, pero si tratara de contárselo, él sólo se reiría de mi «¡BOING-BOING! ¡BOING-BOING!».

—Esta rana es un tesoro —le dice el señor Brisbane a su esposa—. Deberías inscribirlo en uno de esos concursos de saltos de ranas. De verdad existen esas cosas.

Me gusta su manera de pensar. Por supuesto, yo he estado en muchos concursos de saltos de rana en el pantano. ¡Incluso he ganado algunas veces!

La señora Brisbane suspira.

—Me gusta Og, pero tengo un problema con él.

Esas palabras me darían escalofríos si no fuera porque a los anfibios no les da escalofríos. Otra vez el asunto ese de la sangre fría. Pero ¿por qué pantanos ella tendría un problema *conmigo*?

—Nuestra aula está muy lejos de parecerse a un pantano —continúa—. ¿Es feliz en su tanque? Porque Humphrey siempre ha vivido en una jaula; eso es diferente.

¡Eso es verdad! Ese hámster es diferente a cualquier otra criatura que yo haya conocido, incluidos los grillos y los mosquitos.

—Al principio, yo no entendía a Humphrey —dice ella—. Pero él se veía tan contento. Ayudaba a los estudiantes y, cuando lo traje a casa, te levantó el ánimo.

El señor Brisbane asiente con la cabeza. —Era difícil vivir conmigo después de que el accidente me dejó en esta silla. —Da una palmadita en la silla de ruedas—. Pero Humphrey ayudó.

¿Humphrey? ¿Están hablando del Humphrey que yo conozco? ¿El fastidioso vecino de la jaula de al lado?

—Él ayuda a todos —agrega la señora Brisbane—. Va mucho más allá de su trabajo como mascota de la clase.

¡Un momento! ¿Ser mascota de una clase es un *trabajo*? Eso no se me había ocurrido antes.

Si es como un trabajo de verdad, ¿seré la primera mascota de una clase en ser despedida?

La señora Brisbane se pone de pie.

—Voy a preparar té.

El señor Brisbane la sigue.

—Y yo voy por las galletas.

El problema conmigo

· · · · · · · · · · · · · · ·

«Siempre escuchen con atención» nos dice la Abuelita Verdecita a los renacuajos. *«Pueden aprender más de una hoja que se cae o de la brisa al pasar que de todas las ranas toro boconas en el pantano. Y recuerden: cuando no prestamos atención, ocurren cosas malas»* nos advierte la Abuelita.

—Eso sentó de maravilla —dice la señora Brisbane.

Los Brisbane están de regreso. Puede que yo no tenga orejas como los humanos, pero escucho con atención lo que están diciendo.

—Ahora, cuéntame cuál es tu problema con Og —dice el señor Brisbane.

—Mi mayor problema es... —empieza. No puedo imaginarme lo que sigue.

—¡Los grillos! —continúa.

—¡Los grillos! ¿Qué hay de malo con los grillos? —reacciono yo.

Bert suelta una risita. —Me parece que Og tiene un problema con tu problema con los grillos —comenta.

¡BING-BANG-*BOING*! Acierta otra vez.

—La señorita Loomis me dijo que, de acuerdo con su investigación, a las ranas les gusta comer grillos vivos —explica.

«¡Mmm! ¡Qué ricos!» pienso yo.

—Ah, creo que ya veo el problema —dice Bert.

¡El problema es que nunca me canso de comerlos!

La señora Brisbane se ve muy alterada; me da pena.

—Me gustan los grillos —explica—. En algunos países, dicen que traen buena suerte. Sé que a algunas personas les molesta su chirrido, pero a mí no.

A mí también me gusta. Nos ayuda a las otras ranas y a mí a localizarlos.

Nada más pensar en los deliciosos grillos me hace sonreír... hasta que miro a la señora Brisbane.

Ella no está sonriendo.

—El pensar en alimentar a Og con grillos vivos me angustia, aun cuando entiendo que eso es lo que él comía en su hábitat natural —dice ella.

Tiene razón. En un día perfecto, comía grillos. Otros días tenía que conformarme con insectos más desabridos.

—Además —continúa— ese frasco de grillos apesta. Ya sabes cómo me molestan los malos olores.

—Y ¿tus estudiantes no pueden alimentarlo? —pregunta Bert.

La señora Brisbane baja la vista. Creo que está avergonzada.

—No puedo pedirles que hagan algo que yo no quiero hacer. ¿Qué clase de ejemplo les estaría dando? Aldo lo alimenta después de clases.

El señor Brisbane asiente con la cabeza.

—Sue, yo no quiero que te disgustes cada vez que alimentas a Og. ¿Acaso las ranas sólo comen grillos?

—No —le digo—. Pueden darme mosquitos y libélulas y arañas, pescado, cangrejo de río, camarones, culebritas y caracoles.

—¡BOING! —El señor Brisbane contesta como lo haría una rana.

—¡BOING! —respondo yo, lamentando que eso es todo lo que él oye.

—Ay, Bert —se queja la señora Brisbane—. ¿Te parece que estoy diciendo tonterías?

—Jamás —contesta su esposo.

Tengo que admitir que la señora Brisbane es la criatura menos tonta que he conocido.

—Y hay otro problema —continúa diciendo la señora Brisbane, mientras mira mi tanque—. Algunos de los estudiantes están molestos porque Og fue robado de su casa y probablemente la echa de menos. ¡Algunos de ellos piensan que debería regresar al pantano!

—¡BOING! —digo yo.

¿Crees que esa sea una buena idea? —pregunta el señor Brisbane.

La señora Brisbane se muerde el labio.

—No lo sé. Tengo que estudiarlo.

Yo tampoco estoy seguro. Si no me van a dar más grillos, tendré que volver al pantano. Pero ¿cómo?

—Sue, déjame investigar algo —dice el señor Brisbane—. Quizás no tengas que alimentar a Og con grillos.

—¿¿¿BOING??? —Esa es mi manera de decir: «¡No puedo creer que haya dicho eso!»

¿Esa es su idea de ayudar? Me zambullo en mi plato de agua.

La señora Brisbane se ríe.

—Es tan divertido —dice—. Pero creo que antes de aceptar una segunda mascota en el aula, debí haber buscado más información sobre las ranas y su ambiente.

El señor Brisbane le da una palmadita en la mano.

—Pero tienes un buen corazón, Sue.

Es verdad. Mi maestra tiene un buen corazón.

Yo también... al menos, eso creo.

Durante muchas horas esa noche pienso en si deseo quedarme en el Aula 26 o regresar al pantano.

No estoy muy seguro de lo que siente mi corazón sobre esas dos opciones. En la madrugada, después de que se han apagado las luces y los Brisbane se han ido a dormir, comienzo a pensar en mi tema favorito: los grillos.

Nunca antes había conocido una vida sin grillos. La señora Brisbane dice que apestan. ¡Yo creo que tienen un aroma increíble!

La señora Brisbane dice que pueden traer suerte. Yo creo

que la suerte es mía cada vez que atrapo a un grillo. ¡Y les estoy muy agradecido por eso!

A medida que pensaba en los grillos esa noche, comencé a cantar, de repente, una de mis canciones favoritas.

Que canten los grillos con su dulce voz
por ser exquisito manjar,
por su vida corta y su intenso sabor
que todos queremos probar.

Que canten los grillos hasta amanecer
y entonces podremos comer
pequeños bocados con mucha sazón
que alegran el corazón.

Repito la canción varias veces (como mínimo). Supongo que no debo sorprenderme cuando el señor Brisbane regresa a la habitación.

—¿Una rana cantarina? —dice, mientras se acerca a mi tanque en su silla de ruedas—. Og, eres una criatura con muchos talentos. Tu voz suena como un banjo, que es un instrumento muy bonito.

—¡Gracias! —Salto de alegría varias veces. ¡Por lo menos un humano que me aprecia!

—Lo que pasa es que a Sue le repugnan los grillos —me explica—. Por supuesto, a ti no.

—Para nada —le digo—. Yo hago mi trabajo y ellos hacen el suyo.

—Ella te quiere de verdad como mascota de la clase —continúa.

Ahora sí, esas eran las palabras que yo quería oír, aun cuando no estoy seguro de cuáles son mis tareas.

—Si solo pudiéramos hacer algo con los grillos... —dice.

Según mi experiencia, no hay mucho que hacer con los grillos... excepto comérselos.

Pero la señora Brisbane es tan buena con Tabitha y con Sayeh, ¡incluso conmigo! Y no quiero que se disguste.

—Tal vez podamos hacer algunos cambios —dice él con un bostezo—, para que ninguno de los dos esté triste —suelta una risita— ni tengan que ¡tragarse el sapo!

Este humano habla mi idioma. Se parece tanto a la forma de hablar del Tío Parlanchín.

Al poco rato vuelve a la cama y es momento de descansar para mí también.

Cuando se va todo se queda en paz y silencio. Hay tiempo para pensar. Flotar. Dormitar. *Ser.*

También hay tiempo para preocuparse por el problema de los grillos.

A la mañana siguiente, el señor Brisbane le dice a su esposa que va a un lugar llamado Pet-O-Rama. La señora Brisbane lo observa hasta que llega en su silla de ruedas al auto.

Entonces se voltea y me dice:

—Crucemos los dedos para que encuentre una respuesta.

Espero que mis dedos palmeados funcionen. Cuando Bert regresa, trae una bolsa grande.

—¿Y bien? —pregunta la señora Brisbane.

—Pet-O-Rama no falla —dice—. Ahora veamos si Og puede hacer su parte.

¿Que si puedo hacer mi parte? Yo siempre salpicaba agua a la Abuelita Verdecita cuando ella comenzaba a secarse en un día caluroso. Incluso me ofrecía de voluntario para ayudar a los pequeños renacuajos a practicar sus saltos.

—¡Yo siempre cumplo con mi parte! —les digo.

Bert me contesta con un tonto «BOING». Después de todo, no suena muy parecido a una rana.

La señora Brisbane mueve mi tanque a la mesa.

—Aquí están las opciones —dice él, metiendo la mano en la bolsa.

La señora Brisbane y yo lo miramos fijamente mientras él saca un frasco verde brillante. ¡Me gusta el color!

—Gusanos de la harina —anuncia.

La señora Brisbane se queda sin aliento.

—No estoy segura de qué son, pero suena horrible.

No estoy de acuerdo. Un buen gusanito mojado puede ser muy refrescante en un día caluroso. ¡Y sustancioso!

—Puedes darle un gusano sinuoso regular —dice el señor Brisbane—, pero creo que preferirías estos otros secos, Sue. Los llaman Gustosos gusanos de la harina.

—¿Gusanos *secos*? ¡Aj! Me da asco nada más pensar en comerlos en lugar de unos gusanos mojados y sinuosos.

Por suerte, piensan que yo nada más dije «¡BOING!».

Bert saca algo disecado y lo lanza a mi tanque.

Estoy pensando «de ninguna manera» hasta que veo la cara de la señora Brisbane que me clava los ojos.

—¡Ay, por favor, Og, que te guste! —murmura.

Ella dijo «por favor», así que lo pruebo. Está crujiente y tiene un sabor a gusano ácido.

—¡No está mal! —exclamo.

La señora Brisbane se ve contenta.

—¡Creo que le gusta! —exclama.

—A Humphrey también le van a gustar —dice el señor Brisbane—. El vendedor de la tienda de mascotas me lo dijo.

¿De verdad? ¿Es posible que a Humphrey y a mí nos guste lo mismo?

Bert vuelve a buscar en la bolsa.

—Ahora, aquí tenemos algo que se llama Palitos de pescado para ranas.

¡Me gusta cómo se oye eso!

Abre un frasco amarillo y lanza una diminuta ramita a mi tanque.

Las ramitas no suelen ser sabrosas, pero veo que la señora Brisbane me observa ansiosa.

¿Qué puedo perder?

Agarro la ramita con mi kilométrica lengua y me llevo

una grata sorpresa. Es más dulce que los Gustosos gusanos de la harina. Y más crujiente.

—¡BING-BANG-BOING! —digo yo—. ¡No está nada mal!

La señora Brisbane le sonríe a su esposo.

—¡Creo que ese le gusta todavía más!

Es cierto. No es lo mismo que un jugoso y sabroso grillo, pero ella se ve tan contenta que yo doy un brinco y pretendo saltar de alegría.

—Una cosa más. —Bert vuelve a buscar en la bolsa. ¿Qué otras delicias tendrá ahí?

—Og echará de menos a sus grillos, así que, de vez en cuando, puedes darle un premio con esto. —Saca algo delgado y hueco, como una pajita—. Es una varita que atrapará a un grillo dentro de un frasco y tú (o uno de tus estudiantes) pueden lanzar el grillo al tanque sin tocarlo —explica.

¡Una varita! Una varita *mágica*, si es capaz de lanzarme grillos.

La señora Brisbane se ve seria, pero asiente con la cabeza.

—Puedo hacer eso de vez en cuando. ¡Pero el *frasco*!

—Si traes el frasco a casa, yo me encargo de limpiarlo —le dice Bert.

—¡Eres mi héroe! —grito mientras reboto por todo mi tanque.

Los Brisbane se ríen. No me importa si piensan que es cómico.

El problema de los grillos está resuelto. Espero que ahora la señora Brisbane y yo podamos saltar de alegría.

Supongo que el señor Brisbane también puede, porque lo último que saca de la bolsa es un hermoso pedazo de musgo que añade a mi roca.

—¡Gracias! —le digo, porque la Abuelita Verdecita me enseñó a ser educado.

—De nada —contesta.

Más tarde esa noche, pienso en una canción sobre los gusanos de la harina.

Gustosos gusanos de harina
tendremos hoy de comida
pero no hay nada tan delicioso
como un grillo apetitoso.

Mañana para el desayuno
hay palitos de pescado
pero nada puede compararse,
con un grillo bien mojado.
¡Grillos! ¡¿Cuándo podré comer?!
¡Grillos! ¡¿Cuándo podré comer?!

Conflicto y confusión
· · · · · · · · · · · · · · · ·

Estoy flotando sobre un tronco a través de las turbias aguas del pantano. Oigo el zumbido distante de las abejas y el suave bamboleo de los juncos. Los rayos del sol calientan mi piel mientras cierro los ojos y siento el agua chapotear de un lado a otro debajo de mí. De lado a lado, de arriba abajo...

Abro un ojo y veo que ¡no estoy en el pantano! Estoy en el auto de la señora Brisbane y mi tanque se mueve de arriba abajo, de arriba abajo. Estoy de regreso en la escuela. De regreso a ser la mascota de una clase, lo que sea que eso signifique.

Cuando mi tanque está en su lugar, algunos de los renacuajos humanos pasan a saludarme.

—¿Pasaste un buen fin de semana? —pregunta A.J. con esa voz fuerte que tiene—. Yo lo pasé en casa de mi abuelita. ¡Preparamos galletitas!

Creo que las galletitas son un premio sabroso para los humanos, algo así como los grillos para las ranas.

Hoy no hay chirridos de grillos en el aula. Hace mucho frío para ellos.

—¡Brrr! ¡Hace mucho frío afuera, Og! —Esa es Tabitha, frotándose las manos mientras habla—. ¡Adentro también! ¡Demasiado frío para quedarse en el patio de juegos! Bueno, ¡nos vemos!

Me alegra que Tabitha hable conmigo, pero me gustaría que hablara también con otros estudiantes. Como nos decía Abuelita: «No puedes tener amigos si tú no sabes ser amigo».

Cuando todos se dirigen a sus pupitres, Humphrey corre como un rayo al lado de la jaula que está más cerca de mi tanque y deja escapar una larga serie de chillidos.

—¡HIIIC-HIIIC-HIIIC! —repite una y otra vez.

—No tiene caso decirme algo si no lo voy a entender, compañero —le digo.

Pero ¿creen que deja de chillar? Para nada.

Yo no vuelvo a decir ni «BOING» porque parece que eso lo anima más.

Además, hace frío en el Aula 26 y, cuando la temperatura baja, las criaturas de sangre fría, como yo, nos volvemos más lentas.

El tanque está cerca de la ventana y cada vez hace más frío, hasta que estoy a punto de echar una cabezadita. Cuando afuera hace frío, las ranas podemos dormir por mucho mucho tiempo. Quizás hasta meses.

Pero me despierto rápido cuando oigo voces gritando.

O tal vez sigo dormido y esto es un sueño. Porque todo se ve diferente en el Aula 26.

Mis amigos no están sentados en las mesas alineadas cuidadosamente; todo se ha movido de lugar.

Generalmente, los renacuajos humanos leen libros o escriben en un papel o escuchan a la señora Brisbane. Ahora, están reunidos en pequeños grupos, juntando piezas de rompecabezas, jugando juegos y creando objetos con papel y pegamento.

Pero dos estudiantes se están gritando. Son tan ruidosas como George y sus parientes, las ranas toro.

Solo que, en vez de decir «RUM-RUM», una de ellas grita:

—¡TRAMPOSA!

La que grita es Gail.

La otra estudiante le contesta también gritando:

—¡NO ES CIERTO!

Es Heidi, la mejor amiga de Gail.

Por lo que oigo, puede que ya no sean mejores amigas.

Por supuesto, mi vecino peludo tiene que intervenir:

—¡HIIIC-HIIIC-HIIIC!

Algo que aprendí en el pantano es que, cuando hay problemas, es mejor mantener la boca cerrada. Otra vez, cito a la Abuelita Verdecita: «Cuando metes las narices en peleas ajenas, te las pueden morder».

¡Ay!

La señora Brisbane tranquilamente asume el control.

—¡Niñas, por favor!

Pero ellas no escuchan. Heidi y Gail siguen gritándose mutuamente, graznando como cuervos furiosos.

¡Es tan grave como la famosa batalla de las ranas toro! Casi había olvidado lo terrible que fue ese día.

Mientras más graznan las niñas, más chilla Humphrey.

—¡HIIIC-HIIIC-HIIIC-HIIIC-*HIIIC*!

La señora Brisbane se para justo entre las dos niñas y dice:

—¡Cálmense y cállense! —Su voz es mucho más fuerte ahora.

Las niñas dejan de gritar, lo cual es bueno, porque así Humphrey también deja de chillar.

Entonces Gail, que casi siempre se está riendo, rompe a llorar. Y Heidi, que siempre está contenta, empieza a berrear.

Para mí, esto es algo malo. De hecho, es algo que las ranas nunca hacemos.

En el pantano, si alguien está furioso, no llora, solo hace algo para resolverlo. Graznan y se abalanzan, golpean o pican, incluso cosas peores. Pero ¿llorar? ¡Jamás!

Resulta que las niñas habían estado jugando y Gail piensa que Heidi hizo trampa en el juego.

Heidi está segura de que *no* fue así.

La señora Brisbane les recuerda que son amigas y pueden resolver los problemas.

—Yo no voy a ser amiga de una tramposa. —Gail se seca las lágrimas.

Heidi resuella fuerte.

—Yo no voy a ser amiga de una mentirosa.

La señora Brisbane manda a Heidi a sentarse cerca de mi tanque y de la jaula de Humphrey, y a Gail al escritorio de la maestra para que se tranquilice.

La pelea me hace sentir tan triste como un lagarto que acaba de perder su cola. (Aun cuando le volverá a crecer, a un lagarto no le gusta perder la cola).

Mientras pienso en los lagartos tristes, suena la campana del recreo.

—Recojan los juegos y materiales y colóquenlos otra vez en los estantes —indica la señora Brisbane a los estudiantes—. Se acabó el recreo.

Ah, ahora entiendo. Los estudiantes se quedaron dentro durante el recreo porque hace mucho frío afuera.

La señora Brisbane se lleva a Heidi y a Gail al pasillo para hablar. ¡El Aula 26 está mucho más silenciosa sin ellas! Decido sentarme en el agua. Hora de Flotar. Dormitar. *Ser.*

Me vuelve a dar frío y dormito más de lo que esperaba. Me sorprende cuando vuelve a sonar la campana del recreo.

—Podemos salir a hacer un muñeco de nieve? —pregunta A.J.

Veo que a algunos de los estudiantes les gusta la idea, pero la señora Brisbane dice que no hay nieve suficiente para hacer un muñeco y que hace mucho frío para salir.

Me trepo a mi roca, miro por la ventana y veo pequeños

copos como plumas cayendo del cielo. Nunca antes había visto la nieve. Se ve como la lluvia, pero más blanca.

Para este recreo, la señora Brisbane divide al grupo en equipos para jugar un juego de preguntas. Se paran en cuatro filas y ella les va preguntando uno a uno. Si uno de los renacuajos humanos de un equipo contesta incorrectamente la pregunta, se tiene que sentar.

A.J. acierta una pregunta sobre las jirafas, pero se equivoca en una sobre las flores y tiene que sentarse.

Sayeh parece saberlo todo... hasta que falla una pregunta sobre baloncesto.

Tabitha la contesta correctamente y sonríe cuando me oye decir:

—¡BING-BANG-BOING! ¡Eso es!

En poco tiempo es evidente que Tabitha contesta bien *todas* las preguntas sobre deportes, y su equipo la anima.

—¡Arriba, Tabitha! —exclaman entusiasmados.

Ella me mira y levanta el pulgar en señal de aprobación. Me gustaría hacer lo mismo, pero no funciona con las patas palmeadas.

Seth, el capitán del equipo, le choca la mano y ella sonríe otra vez.

Por lo menos durante algunos minutos, todos adoran a Tabitha y ella los quiere a todos.

Es tan buena que hasta el equipo contrario la anima.

Entre mis boing de motivación, puedo oír a Humphrey chillar entusiasmado.

Al final, el equipo de Tabitha anota muchos más puntos que los demás equipos y todos la aclaman.

Es bueno verla contenta, para variar.

Pero, cuando miro a Gail y a Heidi, ellas todavía no se ven contentas.

Ambas se ven como si acabaran de perder a su mejor amiga.

Cuando los renacuajos humanos se van para sus casas, el Aula 26 se queda tranquila hasta que mi nervioso vecino abre de un tirón la puerta de su jaula y se escabulle hasta mi tanque, chillando como un loco y crispando la cola.

Se inclina tan cerca que mueve sus bigotes justo frente a mi cara. Menos mal que hay un cristal entre los dos o me haría cosquillas.

—Sabes que no puedo entenderte, ¿verdad, Humphrey? —le digo con un «boing» muy fuerte.

—¡Hiiic-hiiic-*hiiic*! —repite una y otra vez.

Salto varias veces para parecer amigable y finalmente se va. Mi mente flota de vuelta al pantano. Allí tenía muchos buenos amigos, particularmente entre las ranas verdes. También había tipos malos. Pero por lo menos los *entendía* a todos.

Estoy pensando todavía en mi antiguo hogar cuando llega Aldo a limpiar.

Cuando toma un descanso para comer, acerca una silla

a la jaula de Humphrey, lo que está bien conmigo. Humphrey chilla una y otra vez.

Aunque realmente no estoy prestando atención, oigo a Aldo hablar sobre su sueño de regresar a estudiar y convertirse en maestro.

Yo no creo que me gustaría ser maestro si tuviera que lidiar con mascotas de la clase tan irritantes como Humphrey y George.

Una linda rana verde como yo sí estaría bien.

Él ondea una hoja de papel frente a la jaula de Humphrey. No me parece importante, pero tiene algo que ver con convertirse en maestro. Para Aldo parece importante.

Cuando se va, veo la hoja de papel medio escondida debajo de la jaula de Humphrey.

Aldo se va a disgustar cuando se dé cuenta de que no la tiene.

Por una vez, Humphrey y yo estamos de acuerdo en algo, según me parece, porque más tarde esa noche, Humphrey abre la puerta de su jaula.

Espero que no venga a chillarme y no lo hace.

En su lugar, abre la hoja de papel con cuidado y entonces, bueno, no puede ser, pero creo que ¡la está leyendo!

Es una hoja de papel grande, así que tiene que deslizarse por cada línea y luego gatear a la siguiente para poder leer todas las palabras.

Se ve un poco raro, pero reconozco el esfuerzo que hace el pequeñín para leerla.

¡Tal vez yo debería prestar más atención a las clases de la señora Brisbane!

Ya no debería sorprenderme nada raro que haga Humphrey, pero me toma desprevenido cuando arrastra cuidadosamente la hoja de papel hacia mi tanque y me chilla.

—¿Qué se supone que haga? —pregunto—. Ni siquiera la veo desde aquí. Y si la dejas caer en el tanque, el agua la destruirá.

Humphrey me lanza una larga y triste mirada y regresa a su jaula.

Pero deja la hoja de papel a la vista. Espero que la señora Brisbane la vea por la mañana.

Tendré sumo cuidado para no salpicarla.

Tal vez ese es el tipo de ayuda útil que debe dar la mascota de una clase.

Me voy, me quedo, no lo sé
· · · · · · · · · · · · · · · ·

El pantano está helado; está tan frío como el corazón de una tortuga serpentina. ¿Dónde está el punto amarillo del cielo? ¿Dónde están los jugosos y sabrosos insectos? Y ¿por qué no puedo abrir los ojos?

No hay un punto amarillo en el Aula 26 en las mañanas; solo el resplandor blanco y frío de las bombillas que cuelgan sobre nosotros. Tampoco hay tortugas serpentinas, pero sí *está* helado.

—Y ¿cómo está mi hámster favorito? ¡Ah, si pareces un peluchito calientito! —dice una voz amable.

¿Peluchito?

Resulta que la señora Brisbane ha llegado y está hablando con Humphrey. Me cuesta trabajo reconocerla porque está abrigada con tanta ropa que ella también parece un peluchito calientito. Con razón le gusta tanto Humphrey. Aunque yo no veo qué tiene de grandioso ser peludo.

Yo creo que mi piel verde brillante es mucho más bonita.

Entonces, nuestra maestra se dirige a mí.

—¡Buenos días, Og! —La señora Brisbane curiosea dentro de mi tanque—. Hace mucho frío afuera, así que nos aseguraremos de que te mantengas caliente hoy.

—Excelente —le contesto. Cuando me sonríe es como un sol que enseguida me hace entrar en calor.

Tal vez hoy será un gran día en el Aula 26 después de todo.

Los estudiantes entran apresuradamente al aula. Algunos de ellos corren hasta mi tanque.

—¡Hola, Oggy-ranita-bonita! —me saluda Kirk.

—¿Pasaste bien la noche, Og? —murmura Sayeh con su suave voz—. ¿Nos echaste de menos?

—¡SÍ! —grito.

Ella y los demás estudiantes reunidos alrededor se ríen porque lo que oyen es un tremendo «¡BOING!». Les gusta, así que, con un brinco, un salto y un rebote, repito el «boing».

La señora Brisbane se ríe y se dirige a su escritorio. En ese momento, Humphrey se vuelve loco.

—¡HIIIC-HIIIC-HIIIC-HIIIC-HIIIC! —repite una y otra vez.

¿Acaso está celoso porque estoy recibiendo un poco más de atención que él?

No lo creo, porque está muy enfocado en algo fuera de su jaula.

Reboto un poco para tratar de ver mejor. Ahora entiendo.

Está tratando de avisarle a la señora Brisbane sobre la hoja de papel que Aldo dejó olvidada.

Yo también quiero que ella la recoja porque aprecio a Aldo.

Así que reboto un poco más, como una rata almizclera loca que acaba de pisar una colmena de abejorros.

—¡BOING-BOING! ¡BOING-BOING! —Traducido, significa «¡RECÓJALA!».

La señora Brisbane se dirige otra vez hacia nosotros.

—¿Qué es lo que pasa? —pregunta, dando marcha atrás.

Humphrey y yo seguimos.

—¡HIIIC!

—¡BOING!

—¡HIIIC!

—¡BOING!

—¿Qué es esto? —pregunta la señora Brisbane.

Y entonces, ¡uf!, por fin la recoge. Eso está bien.

Pero, en lugar de leerla, la dobla y se la lleva al escritorio.

Humphrey y yo seguimos saltando y gritando, chillido y boing.

—¿Qué les pasa? —pregunta A.J.

—No lo sé —contesta la señora Brisbane—, pero Humphrey y Og parecen muy interesados en esta hoja de papel.

La abre otra vez y la lee en silencio. Murmura algo sobre llamar a Aldo.

—¡Díganos qué dice! —le grito.

—¡HIIIC-HIIIC-HIIIC! —dice Humphrey.

Lamentablemente, la señora Brisbane guarda la hoja

79

de papel en la gaveta de su escritorio y empieza la clase.

Humphrey se retira tambaleándose a su aposento. Supongo que toda esta agitación agotó al pequeñín.

La maestra ni siquiera ha terminado de pasar lista cuando Heidi levanta la mano. Eso es bueno, porque generalmente olvida hacerlo.

La señora Brisbane trata de ignorarla, pero, finalmente, la atiende.

—¿Qué ocurre, Heidi? —le pregunta.

—Señora Brisbane, todavía estoy muy molesta con el asunto de Og —dice—. De hecho, estoy rabiosa.

—Tranquilízate —dice la maestra—. Dime serenamente por qué estás molesta.

—Sí, también a mí —grito.

Algunos de los estudiantes se ríen con mis «boing».

—Og fue secuestrado de su hogar original. ¡Eso es contra la ley! ¡Se lo dije a Austin! —Heidi se pone de pie y continúa—. Probablemente Og echa de menos a su familia y a sus amigos. Y probablemente ellos también lo extrañan.

Algunas veces, yo me pregunto si mis viejos amigos me extrañan. A estas alturas, Jumpin' Jack debe tener un nuevo amigo contra quien competir. Abuelita Verdecita probablemente tiene un grupo nuevo de renacuajos que enseñar.

A lo mejor mis amigos y parientes están saltando y cantando como siempre lo han hecho.

Yo no quiero que estén tristes... pero sería bonito que pensaran en mí de vez en cuando.

—Debemos devolverlo —continúa—. ¡Debemos llamar a la policía!

¡Madre mía! No estoy seguro de querer que llame a la policía. ¡Prefiero estar en el Aula 26 que en la cárcel!

—Pero él es *nuestra* mascota de la clase —dice Richie. Esta vez, él también olvida levantar la mano—. Él nos pertenece.

Otros compañeros de clase le dan la razón.

¿Eso es cierto? Nunca pensé en mí mismo como la propiedad de alguien.

—Richie tiene razón —dice Gail—. Og es *nuestra* mascota de la clase. Lo echaríamos mucho de menos si volviera al pantano. ¡Yo sé que él también nos echaría de menos!

Me parece que tiene lágrimas en los ojos.

Su antigua mejor amiga, Heidi, no está de acuerdo.

—Pero ¡se lo robaron de su casa!

Creo que estas dos todavía no se han reconciliado.

Cuando la señora Brisbane mira hacia otro lado y le da la palabra a Tabitha, Heidi y Gail se sacan la lengua mutuamente.

Ni siquiera intentan ser amables.

—Es difícil que te separen de tu familia y amigos —dice Tabitha sin levantar la vista—. A mí me pasó.

Traga saliva y da una palmadita en el bolsillo. Apuesto a que Smiley está allí dentro.

—¡También a mí! —le digo—. ¡BOING-BOING!

Al oír mi voz, Tabitha levanta la vista de su pupitre por primera vez.

Yo echo de menos a mis amigos del pantano. Pero *no* extraño a las malhumoradas tortugas serpentinas ni a las odiosas ranas toro. Están pasando tantas cosas en el aula, que no he tenido tiempo de pensar en el pantano con la frecuencia que lo hacía antes.

La señora Brisbane se detiene y se queda mirando al grupo.

—¿Qué piensan los demás?

No puedo creer que *yo* sea el tema de discusión de todo este salón lleno de seres humanos. Está bien que se interesen, pero no estoy seguro si voy a terminar de regreso en el pantano (posiblemente como un delicioso postre para Chopper) o en una celda de la prisión.

Quién sabe, podrían ponerme otra vez con George.

Eso sería *peor* que ir a prisión.

Hasta ahora, me gustaba llamar la atención, pero ¡ahora quisiera que los renacuajos humanos se olvidaran de mí por un tiempo!

La señora Brisbane le da la palabra a Garth. Al principio, él no dice nada. Solo empuja sus lentes sobre el puente de su nariz.

—Quizás —dice—, quizás todos los animales deben estar en sus propias casas. Quiero decir que, quizás Humphrey también debería regresar al lugar de donde vino.

Todos se vuelven a mirarlo.

—¡No! —exclama Miranda-cabellos-dorados. Nunca antes la había visto hablar cuando no le corresponde—. Yo tengo un perro como mascota y no quisiera que él volviera al lugar de donde vino —explica—. Vino de un albergue y no era nada bonito.

—Eh, yo extrañaría a Og y a Humphrey también —añade Garth—, pero se los llevaron de sus casas.

Art no siempre presta atención a lo que ocurre, pero, de repente, gime:

—¡No se lleven a Og!

A.J. concuerda.

—¡Eso es! A él le gusta estar aquí, ¿verdad, Oggy?

Estoy pensando en la respuesta cuando Garth vuelve a hablar.

—No se trata de lo que nos guste a *nosotros*. Se trata de lo que es mejor para el animal.

La señora Brisbane vuelve a tomar el control.

—Yo no creo que Humphrey haya vivido en otro lugar que no sea Pet-O-Rama.

¡Por las liebres saltarinas! Ese es el lugar donde el señor Brisbane consiguió los gusanos de la harina y otros ricos premios.

—Y no creo que, después de todo este tiempo, vayan a aceptar a Humphrey de regreso —dice nuestra maestra—. Escuchen, vamos a dejar esto a un lado por el momento. Debemos aprender mucho sobre hámsteres y ranas antes de tomar cualquier decisión. Tenemos que realizar una investigación.

Cualquier cosa con tal de calmar a los renacuajos humanos, pienso yo. La señora Brisbane envía a mis compañeros de clase a un lugar llamado biblioteca para que busquen más información sobre Humphrey y sobre mí.

Eso está bien, porque yo necesito tomar una siesta.

No puedo resolver este problema si no tengo tiempo para pensar. Eso fue lo que me enseñó el Tío Parlanchín.

> Trabaja un poco,
> juega un poco,
> ríe un poco y
> ¡aprende mucho!
> Flotar. Dormitar. Ser.
> Esa es la fórmula para vivir feliz.

La Abuelita Verdecita y el Tío Parlanchín me enseñaron mucho, pero no me enseñaron a ser la mascota de una clase. Ni siquiera tenemos salones de clase en el pantano. Todo nuestro aprendizaje es al aire libre, bajo el cielo azul y los árboles altos y en el fango y el lodazal.

¿Cómo aprendió Humphrey a hacer su trabajo? ¿O es que eso de ayudar se le da de manera natural?

Cuando el grupo regresa de la biblioteca, todos vienen cargados de libros. La señora Brisbane les da tiempo para que lean y tomen apuntes.

Otra vez reina el silencio y mi mente comienza a divagar hasta que Mandy levanta la mano.

—¿Qué ocurre, Mandy? —pregunta la señora Brisbane.

—Tiene que hacer algo con *él* —dice, señalando al renacuajo humano que se sienta detrás de ella, Seth.

—¿Qué hice ahora? —pregunta Seth.

—Estás dando golpes en la parte de atrás de mi silla —se queja Mandy—. ¡Lo haces todo el tiempo!

—No lo hago a propósito, es que tengo las piernas largas. ¿Por qué no mueves tu silla más cerca de tu mesa? —pregunta Seth.

—Porque… —Mandy vacila—. Porque tú debes mover *tu* mesa hacia atrás.

Seth mira detrás de él.

—No hay espacio.

La señora Brisbane se ve tan molesta como un sapo atrapado en el lodo.

—Él tiene razón. Mandy, acerca más tu silla a la mesa —le dice—. Tienes mucho espacio.

La niña pone mala cara, pero mueve la silla.

Cuando llega la hora del recreo, la señora Brisbane le pide a Mandy que se quede para hablar.

—Lamento que tantas cosas te disgusten, pero no creo que Seth lo estaba haciendo a propósito —le dice la señora Brisbane.

—Él me molestaba. No podía concentrarme —se queja Mandy.

La señora Brisbane asiente con la cabeza.

—Pero tú te molestas con mucha facilidad. Me gustaría que probaras un experimento. La próxima vez que algo te moleste, quiero que pienses rápidamente en algo que te haga feliz. ¿Puedes pensar en algo que te hace feliz?

Mandy se detiene a pensar. Piensa por un rato.

—¡Tú puedes hacerlo! —le digo.

Y ¡sorpresa! Se le dibuja una sonrisa en el rostro y mira hacia mi tanque.

—Og es gracioso —dice— y también lo es el sonido que hace.

La señora Brisbane asiente con la cabeza.

—Míralo, siempre parece tener una enorme sonrisa en su cara.

En realidad, esa es solo mi gran bocota. Pero trato de que se vea más sonriente para ayudar a la señora Brisbane.

—¡BOING-BOING! —digo.

Mandy se ríe otra vez.

—Entonces, la próxima vez que te vayas a quejar por algo, ¿por qué no miras a Og? Él te sonreirá y tal vez incluso haga su sonido gracioso —sugiere la señora Brisbane—. Y puede que se te olvide quejarte. ¿Lo intentarás?

Mandy baja la vista y asiente con la cabeza.

Creo que ella necesita un poco de apoyo.

—¡BOING-BOING! ¡BOING-BOING! —le digo.

Me mira y le muestro mi boca grandota y sonriente.

Incluso reboto unas cuantas veces.

Mandy se ríe.

—¡Es tan adorable!

¿Adorable? ¿Yo? George y las ranas toro bravuconas me molestarían mucho si oyeran eso.

Pero Humphrey dice un alentador «¡HIIIC!». Ni siquiera lo vi salir de su aposento.

—Mire, Og y Humphrey son amigos. —Mandy sigue sonriendo.

¿Lo somos?

Humphrey vuelve a chillar.

—Recuerda, cuando desees quejarte, piensa en Og —le repite la señora Brisbane a Mandy, y luego le dice que salga a jugar.

¡BING-BANG-*BOING*! ¡Ayudé a alguien hoy!

—¡HIIIC-HIIIC-*HIIIC*! —me dice Humphrey.

No sé lo que eso significa, pero me hace sentir bien.

En un brinco decido tomar una siesta, pero tengo un placentero despertar al oír el delicioso chirrido de un grillo.

¿Acaso la señora Brisbane ha cambiado de parecer? ¿Va a agitar su varita mágica y servirme un plato gourmet?

¡Cri! ¡Cri! Esos chirridos son una hermosa música para los oídos de una rana.

De repente, hay un alboroto en el aula y los estudiantes están chachareando sobre un grillo y algunos de los renacuajos humanos hasta brincan de sus asientos.

Yo creo que la señora Brisbane no es la única humana a la que no le gustan los grillos como a mí. O los insectos en general.

Kirk tiene algo que ver con esto. Supongo que eso no es sorprendente. La señora Brisbane le dice que encuentre al grillo.

Él recoge algo y se lo lanza a Heidi... o, por lo menos, finge que lo hace. Porque resulta que el sonido del grillo en realidad lo ha hecho Kirk... y tengo que admitir que *prácticamente* suena con un grillo de verdad.

Yo estoy decepcionado, por supuesto. Otra vez comeré gusanos de la harina en lugar de un apetitoso bocadito de grillo.

Humphrey se vuelve loco

· · · · · · · · · · · · · · · · ·

Ah, la paz y tranquilidad del pantano en una tarde apacible. Barriga llena, piel húmeda, qué buena vida. Las abejas están zumbando, los pájaros cantando y una tortuga va flotando y diciendo: «¡HIIIC-HIIIC-HIIIC!». Un momento... esperen. Las tortugas no chillan... ¿o sí?

Me espabilo de mi fantasía y me doy cuenta que el chillido viene de un pequeñín peludito. Espero que Humphrey se detenga pronto, pero, aunque no lo haga, se lo voy a dejar pasar. Él es mucho mejor vecino que una rana toro.

Entonces suena la campana y los estudiantes salen volando para sus casas.

Tan pronto el aula está vacía, llega Aldo, horas antes de lo normal.

Esta vez, no vino a limpiar el Aula 26. Está aquí para hablar con la señora Brisbane. Resulta que la hoja de papel que dejó olvidada podría ayudarlo a entrar a la escuela donde aprenderá a ser maestro.

El pequeñín se calla el tiempo suficiente para dejarme oír.

Aldo le dice que no está seguro de poder ser tan buen maestro como ella.

Quisiera poder decirle que *nadie* puede tan buen maestro como ella.

Ella dice algo sobre venir a dar nuestra clase y Aldo acepta.

¡Qué bueno que él escucha a la señora Brisbane! Como he dicho antes, todos deberían hacerlo.

No puedo oír el resto de la conversación porque Humphrey deja escapar una serie de animados chillidos.

Por suerte, se calla cuando los humanos salen del salón.

Eso me da tiempo para pensar que los hámsteres son mucho más complicados que las ranas. Para una rana, la vida es simple: solo hay que tratar de encontrar comida y tratar de que no te coman. Tomarse la vida con calma. Sentarse sobre una roca y pensar. Flotar. Dormitar. *Ser*.

No creo que Humphrey pueda solo *ser*.

A la mañana siguiente, la señora Brisbane llama a los renacuajos humanos para que den sus informes sobre un tema muy interesante: las diferencias y semejanzas entre los hámsteres y las ranas.

¿Qué creo yo? Que hay cero semejanzas y un millón de diferencias. No me equivoco en ninguna de las dos.

Garth explica en su informe que Humphrey es un mamífero. Igual que los humanos. Los bebés mamíferos nacen del vientre materno.

Después, Mandy explica que los anfibios, como yo, salimos de huevos.

No me parece apropiado el «¡HIIIC!» alarmado de Humphrey.

Un huevo puede ser un lugar muy acogedor.

Art entra en detalles sobre los animales de sangre caliente, como los hámsteres, y Sayeh habla sobre los animales de sangre fría, como yo.

Humphrey tiene otro ataque de chillidos cuando ella dice la palabra *hibernación*.

Tal vez a Humphrey no le gusta hibernar, pero yo pienso que es tan agradable y acogedor como estar dentro de un huevo.

Entonces A.J. explica que los hámsteres tienen bolsillos en sus mejillas donde guardan los alimentos que no se han comido. Tengo que reconocer que mi reacción es «¡AJ!, ¡qué asco!» que se oye como un escandaloso «¡BOING!».

Finalmente, Miranda dice que los hámsteres vienen de zonas secas y cálidas. De hecho, mojarse es malo para ellos.

Así que lo que es bueno para los hámsteres es malo para las ranas. Y lo que es bueno para las ranas es malo para los hámsteres. ¡Con razón no nos entendemos!

Sin embargo, ambos somos mascotas de una clase. Solo que él es mejor que yo en su trabajo.

Quizás es porque tiene mucha más experiencia. Más tarde, mientras me siento en mi roca para intentar solo *Ser*, noto algo muy peculiar. Seth no ha salido a almorzar con el resto de los compañeros. En lugar de eso, está hablando con Tabitha sobre deportes.

—¡Eso es, Tabitha! —le digo. Cuando ella oye mi «BOING», sonríe. Seth sonríe también.

Tal vez Tabitha está empezando a sentirse al menos un poquito más cómoda en su nuevo salón de clases.

Seth se va a almorzar, pero Tabitha se queda hablando con la señora Brisbane.

Hay silencio en el Aula 26 sin los otros renacuajos humanos, así que puedo oír todo lo que dicen. La señora Brisbane le da ánimo a Tabitha para que sea más amigable.

—Yo quiero hacerlo, pero es difícil —dice Tabitha.

La señora Brisbane sonríe.

—Lo sé, pero algunos estudiantes han tratado de acercarse a ti. ¿Puedes tú también intentarlo?

—¡Sí, INTÉNTALO! —le digo, y Tabitha sonríe y asiente con la cabeza.

Entonces la señora Brisbane canta una pequeña canción.

Haz nuevos amigos, pero conserva los viejos.
Unos son plata, otros de oro son.

ME ENCANTA cantar, pero no sabía que a la señora Brisbane también le gustaba cantar. Su voz es tan jovial como un gorrión del pantano saludando al amanecer.

Repito su canción para que no se me olvide.

> ¡BOING-BOING-BOING,
> BOING BOING BOING BO-ING!
> BOING BOING BOING-BOING.
> ¡BOING BOING BOING BOING BOING!

La señora Brisbane me mira y dice:

—Creo que a Og también le gusta la canción.

¡Quizás está comenzando a entenderme!

Entonces, le dice a Tabitha que se puede llevar a Humphrey a casa durante el fin de semana (como si sus chillidos y chirridos fueran un premio). Tabitha se ve tan feliz como un sapo en un charco de barro.

Salto de alegría al verla contenta.

De hecho, doy un gran suspiro de alivio. Tal vez ahora puedo detenerme a disfrutar la vida y oler los nenúfares. O, por lo menos, intentar recordar cómo huelen los nenúfares.

Espero que el resto de la semana sea pan comido, pero muchos están de mal humor porque a los renacuajos humanos les fue mal en un importante examen de matemáticas. La señora Brisbane no está contenta y tampoco sus estudiantes. Pero nuestra maestra no se da por vencida.

Le entrega a cada renacuajo humano una guía de estudio y dice:

—Volveremos a intentarlo. Tendremos un examen de

matemáticas el martes, así que, por favor, dediquen algún tiempo a repasar lo que hemos aprendido.

Mandy levanta la mano.

—¿Es necesario tener otro examen? —se queja— porque...

—¿Mandy? —la señora Brisbane le echa una mirada. Hasta *yo* sé lo que significa esa mirada.

Mandy mira enseguida hacia mi tanque. Le sonrío hasta que me duele la boca y reboto.

Ella sonríe.

—Olvídelo —le dice a la señora Brisbane.

¡Me siento boing contento de poder ayudar a nuestra maestra!

—Guarden las guías de estudio en sus mochilas para que no las olviden —les dice a los renacuajos humanos cuando suena la campana.

Generalmente, el recreo es tranquilo y silencioso *si* mi vecino peludito no chilla mucho, pero hoy, es de todo menos tranquilo. Justo cuando creo que ya nada de lo que hace Humphrey me puede sorprender, me quedo patidifuso.

Cuando el aula se vacía, Humphrey abre de un tirón la puerta de su jaula, se agarra de la pata de la mesa y ¡se desliza hasta el piso!

—¡Tranquilízate, Humphrey! —trato de decirle—. ¡Ten cuidado!

Pero parece que Humphrey tiene algún tipo de plan, porque se escabulle por el piso con la rapidez de un insecto patinador de agua perseguido por un pájaro de pico largo.

No puedo creer lo que ven mis enormes ojos cuando Humphrey corre directo a la mochila de Seth, que está en el piso, al lado de su pupitre.

Por todos los pantanos, ¿qué está haciendo?

Creo que ha ocurrido un corto circuito en su cerebrito.

Observo la manera en que usa sus diminutos dientes afilados para sacar la guía de estudio que acaba de entregar la señora Brisbane. ¿Por qué no quiere que Seth estudie?

Luego, arrastra la guía de estudio hasta el pupitre de Tabitha. Se detiene para mirar hacia arriba, donde está la mochila. Si está pensando en treparse ahí, va a tener que aprender a volar.

—¡Ten cuidado, pequeñín! —le grito.

De pronto, Humphrey se agarra con las dos patas delanteras de un cordel que cuelga del zíper de la mochila de Tabitha e intenta impulsarse para subir.

—¡Tabitha ya tiene una guía de estudio! —le digo.

Miro el reloj y veo que la flecha de los minutos se está moviendo demasiado rápido.

—¡Apúrate! —Intento advertirle, aunque no tengo la menor idea de cómo va a deslizarse HACIA ARRIBA por la pata de la mesa. La distancia del piso a la mesa es bastante grande, yo creo que ni siquiera yo con mis poderosos brincos podría llegar.

¡Pero ya es tarde! Suena la campana que anuncia el final del recreo. Alarmado, Humphrey deja caer la guía de estudio y corre apresuradamente de regreso a la mesa.

—¡Apúrate! —le digo.

Y entonces, ocurre lo más increíble. Humphrey salta y agarra el largo cordón de la persiana y se columpia de un lado a otro, cada vez más alto.

Odio admitirlo, pero ¡Humphrey es un hámster fuerte y rápido!

Pero... ¿puede atrapar una mosca con la lengua? ¡No lo creo!

El corazón se me acelera cuando el cordón se columpia hasta la superficie de la mesa.

—¡Ten cuidado! —le advierto.

No puedo creer lo que ven mis ojos, cuando el cordón está a la altura de la mesa, Humphrey se suelta, vuela a la mesa y se desliza más allá de mi tanque, directo hacia su jaula.

Cierra la puerta de la jaula justo en el momento en que la señora Brisbane entra al salón.

Lo veo jadeando mientras se escurre debajo de su lecho. Se ve tan pequeño y cansado.

—¡Bien hecho! —le digo. ¡Sinceramente espero que me entienda!

La señora Brisbane echa un vistazo por todo el salón.

—¿Por qué se está meciendo el cordón de esa manera? —pregunta en voz alta.

—¡HIIIC! —No entiendo exactamente qué dice Humphrey, pero suena preocupado. ¡Con razón! Si la señora Brisbane averigua por qué se está moviendo el cordón, ¡probablemente cierren su jaula con candado y tiren la llave!

No estoy seguro de qué está tramando hacer con la guía de estudio, pero sé que sus razones tendrá.

La señora Brisbane se dirige hacia el cordón y yo decido ayudar al pequeñín.

—¡Míreme! ¡Yuju, aquí! —grito con toda la fuerza de mis «boing». Entonces, brinco a mi plato de agua y chapoteo lo más fuerte posible. ¡Todo el ejercicio del fin de semana ha dado frutos!

La señora Brisbane se voltea hacia mí y me dice que me calme. Por suerte, justo en ese momento, el resto de los estudiantes entra al aula haciendo suficiente alboroto como para distraer a la señora Brisbane de nuestra mesa... y, sobre todo, del cordón, que ya ha dejado de moverse.

Cuando los renacuajos humanos se han sentado, oigo un pequeño chillido. Es Humphrey.

¿Acaso me está dando las gracias? ¿O solo me lo estoy imaginando?

—De nada —le contesto. Quizás esta vez me entienda.

El pobre pequeñín se ve extenuado. Yo también estoy un poco fatigado, así que me dejo caer en el agua y trato de *Ser*.

No es fácil *Ser* cuando tienes a un hámster de vecino.

No puedo evitar darme cuenta de que justo antes de que

97

suene la campana de salida, la señora Brisbane ve la guía de estudio en el piso, junto al pupitre de Tabitha.

—Guárdala en tu mochila, por favor —le dice a Tabitha—. La vas a necesitar para tu tarea este fin de semana.

Tabitha guarda rápidamente la guía de estudio en su mochila.

—¡No! ¡Esa no es de ella! —digo yo—. ¡Esa es de Seth!

Humphrey me chilla. No lo entiendo, pero puedo ver que él sabe algo que yo no sé.

Creo que Humphrey tiene una especie de plan. No sé si va a funcionar, pero lo está intentando.

Tabitha debería seguir el ejemplo de Humphrey. Tal vez yo también debería intentarlo.

🐾 🐾 🐾 🐾

Estoy ansioso por pasar un fin de semana en paz y tranquilidad en el Aula 26 cuando llega la mamá de Tabitha para llevarse a Humphrey a casa por el fin de semana.

—Carol, saluda a Og —dice Tabitha, llevándola hasta mi tanque—. Él es tan divertido y chévere. ¿Podemos llevarlo a casa también?

—Humphrey viaja mejor —dice la señora Brisbane—. El tanque de Og es más pesado y necesita tener la temperatura controlada. Cuidar de él es un poco más difícil que cuidar de Humphrey.

Personalmente, me gustan los retos. Pero creo que la

98

señora Brisbane está tratando de mantenerme seguro y yo se lo agradezco.

Ha sido un día emocionante, incluso más fascinante que una lucha cuerpo a cuerpo entre mocasines de agua en el pantano.

Pero me sorprende que Humphrey se ve un poco triste cuando se lo llevan del Aula 26. ¿Me está diciendo adiós con su chillido? ¿O me está dando las gracias?

Magia en el aire

· · · · · · · · · · · · · · · ·

RUM-RUM. RUM-RUM. RUM-RUM. ¡RUM-RUM! Ahí van otra vez las ranas toro bravuconas... bramando como cada noche. ¡Le dan mala reputación al resto de las ranas! ¡Además de darme un descomunal dolor de cabeza! Quisiera que se fueran. Y soy yo el que me voy... ¡pero no por mi propia voluntad!

¡Ups! Otra vez me quedé dormido. Hay taaanto silencio sin ranas toro aquí y con mi vecino pasando el fin de semana fuera. Paz y tranquilidad total. Ah, el pantano nunca fue así.

Estoy satisfecho con flotar en el agua. Después de un rato, me pongo a cantar una tonada que me enseñó el Tío Parlanchín:

> Canto alto y fuerte una alegre canción
> cuando estoy contento y cuando estoy tristón.
> Rimar las palabras me hace sentir bien
> y escoger canciones de ranas también.

Canto en el pantano a todo pulmón
para que me escuchen en cualquier rincón.
Estoy orgulloso de mi pedigrí,
como rana verde yo soy muy feliz.

Cantar con pasión alegra el corazón
y a ti te dedico mi alegre canción.
Como sé que tú la sabes apreciar
para complacerte la vuelvo a cantar.

Es una canción sin fin, así que canto varias estrofas hasta que llega Aldo a limpiar.

—Hola, Og, viejo amigo —me saluda—. Te oía desde el pasillo.

Es amistoso, como siempre, pero parece absorto en sus pensamientos mientras hace su trabajo y se va rápido.

El salón está perfectamente limpio. No hay fango, lodo, juncos ni algas.

Paso una noche muy tranquila y me voy a dormir temprano.

Pero en la mañana, cuando los rayos del sol entibian mi tanque, es hora de volver a mis ejercicios. Después de todo, la Abuelita Verdecita dice: «Sé fuerte y vivirás más».

Lo cual es cierto… a menos que un astuto mocasín de agua te atrape desprevenido.

Paso la mañana chapoteando y brincando. En una

ocasión salto tan alto que toco la tapa de mi tanque. ¡Eso es una primicia!

Hago más saltos de tijera que nunca antes (aunque siempre echo de menos a mi amigo Jack cuando los hago).

Me detengo para dar descanso a mis músculos y me quedo ESTUPEFACTO cuando se abre la puerta del Aula 26 y entra una misteriosa figura que se ve tan ancha como es alta.

—¡Og! ¿Estás bien? —pregunta una voz conocida.

Es la señora Brisbane, toda abrigada contra el frío. Se acerca apresuradamente a mi tanque.

—No pegué ojo anoche. Solo pensaba en el frío que hacía. Yo sé que cuando baja la temperatura, las ranas hibernan.

—¡Estoy bien! —le digo mientras reboto para demostrarle que no estoy hibernando.

—¡Ay, Og! ¡Gracias a Dios! —dice—. A los estudiantes les encanta observarte y escucharte y estarían muy desilusionados y preocupados si te pusieras a hibernar.

¿De verdad? ¿Desilusionados y preocupados?

La hibernación realmente es solo una siesta agradable y acogedora, pero odiaría perderme toda la actividad del Aula 26.

Quiero ver si Gail y Heidi hacen las paces y si Tabitha hace más amigos.

Quiero ver si Mandy deja de quejarse... aunque sea un poquito.

Quiero oír más chistes de Kirk y del señor Brisbane. ¡Y tengo mucha curiosidad por ver cuál será la próxima locura de mi gracioso vecino peludito Humphrey!

¡Ah, la vida en la casa de la familia Brisbane! ¿Qué más puede desear cualquier criatura?

El señor Brisbane generosamente me da de comer un grillo mientras su esposa está fuera de la habitación.

Estoy ocupado digiriendo mi premio... pero, cuando la señora Brisbane empieza a hablar sobre mí, se me revuelve el estómago.

—Encontré a alguien de la universidad para ayudarnos a aclarar si Og debe regresar al pantano —le dice a su esposo.

—¿Qué crees que va a decir él? —pregunta el señor Brisbane.

—*Ella* —contesta la señora Brisbane—. Realmente no lo sé. Cualquier cosa que sugiera, algunos estudiantes van a quedar decepcionados. —Suspira.

—Te preocupas demasiado por el Aula 26 —le dice el señor Brisbane.

—No puedo evitarlo. Pero la buena noticia es que Tabitha se va sintiendo más cómoda en la clase —le cuenta la señora Brisbane a su esposo—. Ella y Seth tienen algo en común. A ambos les encantan los deportes.

Contrario a Humphrey y a mí, Tabitha y Seth hablan el mismo idioma. Yo también espero que sean amigos.

—Y Mandy se está quejando menos —agrega—. ¡Gracias a Og!

—Lo estoy intentando —le digo.

—Pero Gail y Heidi siguen peleadas —continúa la señora Brisbane—. Pensé que ya habrían hecho las paces.

El señor Brisbane le da una palmadita en la mano.

—Eso tendrán que resolverlo entre ellas, Sue.

Igual que la Abuelita Verdecita, la señora Brisbane siempre está pensando en sus renacuajos.

Se ve tan triste que empiezo a brincar en mi roca.

—¡No se preocupe, señora B! —le grito—. Los problemas encuentran la manera de resolverse solos.

Yo solo repito lo que decía la Abuelita Verdecita. Los Brisbane se echan a reír y se dedican a observarme.

Trato de ser lo más interesante posible.

Más tarde esa noche, pienso sobre lo que dijo la señora Brisbane acerca de Tabitha y Seth. Los Brisbane quieren que sean amigos... y yo también.

Y... ¡espera! Tal vez Humphrey también. ¿Será por eso que movió la guía de estudio de Seth? Seguro que quería que Tabitha tuviera las dos guías para que tuvieran que juntarse durante el fin de semana.

Eso sería un plan inteligente y audaz. Me pregunto si habrá funcionado.

Si funciona, me siento muy bien por haberlo ayudado, por lo menos un poquito.

Ahora, mis pensamientos están en la «ella» de la universidad que va a ayudar a los renacuajos humanos a decidir si me voy o me quedo.

Yo todavía no estoy seguro de lo que quiero.

Si me quedo, estoy atrapado en un tanque. Además, tengo un «trabajo» como mascota de la clase que no acabo de entender completamente.

Si me voy, significa regresar a los pájaros de pico largo, las astutas culebras de agua y las solapadas tortugas serpentinas, o, peor aún, ¡a la escasez de alimentos!

El lunes observo cuidadosamente si algo cambió durante el fin de semana.

Cuando Heidi le saca la lengua a Gail y ésta le responde de igual manera, sé que ahí no ha cambiado nada.

Pero Tabitha y Seth se ríen y hablan antes de comenzar la clase.

—Gracias por invitarme —dice Seth—. Me alegro que tuvieras mi guía de estudio. El partido de baloncesto estuvo increíble.

—Sí... y espero que los dos obtengamos A en el examen —responde Tabitha.

Entonces, sí se juntaron en el fin de semana. ¡El plan de

Humphrey funcionó! (Con una pequeña ayudita de mi parte).

Más adelante en la semana, veo que otro de los planes de Humphrey funcionó cuando veo llegar a Aldo mucho antes de la hora de limpiar el aula. Entonces recuerdo que se supone que va a dar una clase.

Realmente, no le encuentro ni pies ni cabeza a lo que está haciendo con pequeños cuadrados de papel y los renacuajos humanos corriendo por todas partes mirando objetos en el aula, incluso a mí.

Eso me da mucho tiempo para zambullirme y nadar algunas vueltas.

Más tarde, salto de alegría cuando la señora Brisbane le dice a Aldo: «Has nacido para ser maestro».

Él y su bigote dibujan una enorme sonrisa.

A medida que pasa la semana, presto un poco más de atención a otras cosas que hace Humphrey para ayudar a los renacuajos humanos.

Cuando Gail y Heidi hablan con él (no juntas, claro), él las escucha de manera comprensiva. Y cuando Art se queda mirando por la ventana en lugar de hacer caso a la clase, Humphrey le chilla hasta que vuelve a prestar atención. Cuando la señora Brisbane le hace una pregunta, ¡Art sabe la respuesta!

Humphrey también ayuda a los adultos. Le da chillidos

alentadores a Aldo cuando lo ve preocupado y siempre parece levantarle el ánimo a la señora Brisbane.

Tengo que reconocer que me ayuda a despertar cuando está ocurriendo algo importante en el aula.

Y todas las noches abre la puerta de su jaula para venir a chillarme.

Yo pensaba que solo estaba chillando frente a mí. Ahora, me doy cuenta de que intenta comunicarse conmigo a través de sus chillidos.

Él no me entiende, pero lo sigue intentando. Pronto me doy cuenta de yo también estoy tratando de ayudar más. Particularmente cuando Tabitha habla conmigo, lo que ocurre todos los días.

—¡Og! ¿Oíste la canción que me cantó la señora Brisbane? —me pregunta un día.

—¡BOING-BOING! ¡Claro que sí! —le contesto.

—Creo que he encontrado un amigo de plata —me dice—. Seth es muy simpático, aunque sea un niño.

—¡BING-BANG-BOING! —concuerdo.

Cuando regresa a su asiento, me quedo un poco triste. Tengo muchos amigos de oro: mis viejos amigos del pantano, como Jumpin' Jack, Gilly Graciosita y Tío Parlanchín.

Me gustaría conservar también a mis nuevos amigos de plata. Así que canto la canción de la señora Brisbane.

¡BOING-BOING-BOING,
BOING BOING BOING BO-ING!

BOING BOING BOING-BOING
¡BOING BOING BOING BOING BOING!

Antes de que los demás estudiantes regresen al Aula 26, la señora Brisbane le cuenta un secreto a Tabitha.

—Nadie lo sabe todavía, pero vamos a tener una visita muy especial —le dice.

Creo que olvidó que yo también sé sobre la visita sorpresa. Lo que no sé es qué pensará ella de mí.

Llamen a la doctora

. . . .

—*Esfuérzate más* —*me dice la Abuelita Verdecita*—. *No trepes por la roca; salta sobre ella. ¡Tú puedes hacerlo!*

Pero solo soy un pequeño renacuajo y todavía no puedo saltar muy alto.

—*Usa la fuerza de tus patas. No vas a llegar alto a menos que lo intentes* —*dice ella.*

—*Lo intentaré* —*le prometo.*

Estoy acostumbrado a tener visitantes en el Aula 26. Algunas veces los padres vienen al salón de clases y, por supuesto, Aldo viene todas las noches durante la semana.

Algunas veces, el director Morales pasa a saludar, siempre luciendo una corbata distinta.

Pero hoy viene al aula una total extraña. ¡Es nuestra visitante sorpresa!

La señora Brisbane nos prepara para este inusual acontecimiento.

—Clase, como estamos tratando el asunto de si el aula es el lugar apropiado para Og...

Eso llama mi atención y temo que dejo escapar un «¡BOING!» demasiado fuerte.

Espero a oír los chillidos entusiastas de Humphrey, pero todavía está durmiendo en su casita. Yo también estaría durmiendo después de la larga sesión de ejercicios que hizo en la rueda.

La señora Brisbane se ríe.

—¡Eso llamó la atención de Og! En fin, decidí traer a una experta, una herpetóloga de la universidad.

—¿Una herpa-qué? —Esa es la voz fuerte de A.J.

—Una herpetóloga —explica pacientemente la señora Brisbane— es una persona que estudia los anfibios, como Og, y los reptiles, como las serpientes.

Algunos de los renacuajos humanos dicen «¡Ah!»

—¡Bien hecho! —le grito. Nunca antes había oído eso de herpetólogo, pero ya me gusta esta humana.

La señora Brisbane continúa.

—La herpetóloga nos hablará sobre la liberación de las ranas en cautiverio al entorno natural. Necesitamos tener más información antes de tomar una decisión —continúa la señora Brisbane—, y la doctora Okeke es una experta.

—¿Oh-kei-ki? —repite Richie—. ¿Qué es eso?

—Es un nombre africano —explica la señora Brisbane.

—Me gusta cómo suena —responde Richie—. Okeke.

—Ya *sé* lo que va a decir. —Heidi está muy segura de sí

misma—. Dirá que Og debe estar en el pantano con su familia y sus amigos.

—Tú no sabes eso —sentencia Gail.

Ambas se fulminan con la mirada.

—Vamos a oír lo que la doctora Okeke tiene que decirnos —anuncia la señora Brisbane.

Se abre la puerta y entra una mujer sonriente con grandes lentes redondos.

—¿Están listos para oírme? —pregunta.

—¡*Yo* lo estoy! —contesto. Después de todo, yo tengo más interés que los demás en conocer a una herpetóloga.

—¡Ah! Nuestra *Rana clamitans* —dice la doctora Okeke mientras camina hacia mi tanque.

—La llamamos Og —explica A.J.

Oigo una imitación de «boing» bastante mala y enseguida me doy cuenta de que es Kirk.

La señora Brisbane le echa una de esas miradas que lo callan.

La doctora Okeke se inclina para mirar de cerca mi tanque. Sus lentes hacen que sus ojos se vean atípicamente grandes para un humano.

—Es un buen espécimen —dice—. ¡Un ejemplar de rana muy guapo!

—Gracias —respondo cortésmente.

—¿Me dice que procede de McKenzie's Marsh? —pregunta.

La señora Brisbane asiente con la cabeza.

—Eso nos han contado.

—¡Fue secuestrado y apartado de sus amigos y familiares! —suelta Heidi.

—Pero a él le encanta el Aula 26 —dice Gail—. ¡Y nosotros lo queremos!

Sí, ¡me quieren tanto que me quieren devolver!

—Lo trajeron de otra aula —explica la señora Brisbane—. No estamos seguros de qué debemos hacer.

La doctora Okeke deja de mirarme; menos mal, porque ya me sentía un poco nervioso.

—Lo ideal para tener una rana como mascota es comprarla a un distribuidor que las críe —le dice a la clase.

—Sí, pero es un poco tarde para eso —responde la señora Brisbane.

—Deben saber que las ranas en su hábitat natural están desapareciendo rápidamente —explica—. Es una preocupación mundial enorme.

¡Claro que es una preocupación grande! ¿A dónde desaparecen?

—¿Qué les pasa? —pregunta Sayeh. Con lo tímida que es, me sorprende que hable.

—Enfermedades, nuevos depredadores que llegan a su hábitat, contaminación de las aguas. En muchos lugares, la construcción de casas está destruyendo sus hábitats —explica la doctora Okeke—. Para frenar su descenso, en algunos lugares está terminantemente prohibido sacarlas de su hábitat natural.

Yo estaba preocupado de terminar en la cárcel, pero ahora ¡tengo miedo de que sea la señora Brisbane la que termine en prisión! Al abuelo de Austin March seguro que lo encierran.

—Mi consejo es que nunca deben comprar o adoptar una rana si no saben su procedencia —continúa la herpetóloga.

—Ese es un buen consejo —dice la señora Brisbane—. Pero ¿qué pasa si la devolvemos ahora?

—Puede ser seguro liberar a una rana *si* la liberan en su lugar de origen —continúa diciendo la doctora Okeke—. Pero es posible que Og haya adquirido gérmenes humanos aquí en el aula que pudieran afectar a las demás criaturas en McKenzie's Marsh. Podría extinguir a toda una población cerca de su hogar.

¿Quién… yo? Yo nunca haría algo así.

Hogar. Se me encoje el corazón.

Hogar es donde viven la Abuelita Verdecita, el Tío Parlanchín y Jumpin' Jack. El hogar está lleno de grillos y libélulas y otros insectos apetitosos.

Pero en el hogar también hay enemigos hambrientos, como los pájaros de pico largo.

De cualquier manera, no hay lugar como el hogar.

Pero ¿qué tal si he adquirido algo que puede ser

perjudicial para mi familia y mis amigos? ¿Qué tal si todos *ellos* desaparecen por mi culpa?

De repente, Richie salta de su asiento y se para al lado de su pupitre.

—Él es nuestra mascota. ¡Nosotros lo amamos!

Gail también se pone de pie.

—¿Qué le pasaría si regresa al pantano? ¡Podrían... comérselo! —Se estremece.

Yo también me estremezco, porque es cierto.

—Pero él es un animal salvaje —insiste Garth—. Debe vivir en su estado natural.

—¿Debemos todos vivir en cavernas? Porque ahí es donde los humanos vivían en su estado natural. —Ese es un comentario sorpresivo de Art.

Puede que no siempre preste atención, pero Art es inteligente.

—Pero sus *amigos*. Y su *familia*. ¡Debe echarlos mucho de menos! —Heidi tiene lágrimas en los ojos.

—¿Ya ve cuál es nuestro problema? —le dice la señora Brisbane a la doctora Okeke.

La herpetóloga asiente con la cabeza.

—Ya lo veo. Pero hay que tener cuidado y no pensar en los animales como si fueran personas. No necesariamente ellos piensan y sienten de la misma manera que nosotros. Y la vida en el pantano no es fácil.

¡Eso es verdad! ¿Alguna vez has mirado directamente a los ojos a una tortuga serpentina? ¿O has tenido hambre durante mucho mucho tiempo? Aunque tengo sangre fría, de solo pensarlo me da escalofríos.

—La mayoría de los animales salvajes no se quedan con su familia —dice la doctora Okeke—. Muchos de ustedes tienen mascotas que han dejado a sus padres y a sus hermanos.

Todos en el aula están callados.

—Hay otras opciones —continúa la doctora Okeke—. Hay un centro local de vida silvestre con el que trabajo llamado Piney Woods.

—¡Ah! ¡Yo he ido! ¡Es genial! —dice A.J.

La doctora Okeke asiente con la cabeza.

—Sí, es genial. Tiene senderos naturales y tenemos un programa educativo con exhibiciones tanto en interiores como en exteriores. Hay toda clase de animales allí, desde lobos hasta águilas. Si no quieren conservar a Og como mascota, allí puede encontrar un buen hogar... y ayudar a educar a las personas sobre las ranas.

¿Lobos? ¿Águilas? Me parece que prefiero quedarme aquí con los renacuajos humanos.

—Pero ¡yo creo que él debe estar en su hábitat natural! —insiste Heidi.

—Lo sé, por eso les menciono esta opción —concuerda la doctora Okeke—. Si bien no regresará con sus amigos y su familia, nosotros crearíamos un ambiente natural para él con hierbas y agua. Sería parecido al pantano. Y tendría más espacio.

Los renacuajos humanos se quedan callados por un momento.

—¿Podría saltar más? —pregunta Garth.

—Definitivamente —responde la doctora Okeke—. Y cientos de niños como ustedes podrían verla y aprender sobre las ranas, que están en peligro de extinción.

—¿Podríamos visitarla? —pregunta Sayeh.

—¡Por supuesto! —La doctora Okeke asiente con la cabeza—. ¿Tienen alguna otra pregunta sobre las ranas?

Gail suelta una risita nerviosa mientras levanta la mano.

—Si besas a una rana, ¿se convertirá en un apuesto príncipe?

La doctora Okeke se ríe.

—Puedo garantizarte que *no*. Además, te puedes sentir un poco mal. De hecho, hay ranas cuyo veneno es mortal. No es el caso de Og, por supuesto.

—¡Claro que no! —les aseguro. ¡Ni pensarlo!

—Él se hizo pis en mi mano —suelta Mandy— y yo lo único que hice fue alzarlo.

La doctora Okeke explica que las ranas a menudo se orinan cuando las alzan.

—Es una defensa natural contra los enemigos.

—Pero yo no soy enemiga de Og —responde Mandy—. Yo creo que es lindo.

Yo también creo que Mandy es linda, cuando no está protestando.

—Pero Og no lo sabía —continúa la doctora Okeke—.

¿Te gustaría que una mano gigantesca bajara del cielo y te alzara?

Mandy pone los ojos en blanco y dice:

—No, no me gustaría.

Después de varias preguntas más, la señora Brisbane da las gracias a la doctora Okeke.

—Nos ha dado mucha información en la que debemos pensar —le dice—. Y le agradecemos mucho por su tiempo.

Antes de irse, la doctora Okeke reparte unos botones con el mensaje de «salvemos a las ranas». Incluso recuesta uno en mi tanque.

—¡Gracias! —le digo.

—De nada, Og —contesta.

Espero que los humanos salven a las ranas. ¡Espero que mis amigos me salven a mí!

※ ※ ※ ※

Tener una visita fue especial, pero hay todavía más entusiasmo en el Aula 26 al final de la semana.

Los renacuajos humanos siempre están charlando y riéndose cuando no están estudiando. Están tan llenos de energía como un bullicioso enjambre de moscas en el pantano. Pero el viernes tienen más energía que de costumbre.

¡Parecen más un escandaloso enjambre henchido de saltamontes! Me toma algún tiempo darme cuenta de qué está causando todo el alboroto, pero hablan mucho sobre la fiesta de cumpleaños de Richie, que será el sábado.

Las ranas no tenemos fiestas de cumpleaños, pero nuestras fiestas de salida del cascarón son celebraciones escandalosas, con brincos y saltos de alegría.

Parece que la de Richie será así también. Ha invitado a todos los renacuajos humanos y dice que habrá un mago para hacer trucos asombrosos, ¡como sacar un conejo de un sombrero! Y eso es solo una parte de los planes de Richie.

Me doy cuenta de que yo no recibí invitación, pero tampoco Humphrey.

Por eso, cuando la señora Brisbane anuncia que Richie se llevará a Humphrey a su casa por el fin de semana, me caigo de mi roca del sobresalto. ¡Así que podrá ir a la fiesta!

Tengo que admitir que Richie le pregunta a la señora Brisbane si yo también puedo ir.

Pero mis esperanzas se esfuman cuando ella dice que me voy con ella a su casa. Y que su esposo tiene una sorpresa especial para mí. Pienso que sacar un conejo de un sombrero sería una sorpresa buenísima, pero me pregunto qué trucos tendrá Bert bajo la manga.

¡Tanquísimas gracias!

Flotar. Sencillamente flotar en una relajante tarde de primavera. Mi barriguita está llena, el agua es perfecta y las ranas de primavera cantan su canción favorita. Pero ¿qué es esa sombra adelante? Doy un brinco gigantesco y logro escapar (apenas) de la astuta Chopper. Hasta ahí llegó el día relajante, pero así es la vida en el pantano.

Por suerte, la vida es más relajada en la casa de mi maestra este fin de semana.

Mi primera noche es placentera. Obtengo un jugoso grillo de premio; ¡gracias, señor Brisbane!

Pero no ocurre nada más que yo llamaría *especial*. ¿De qué estaba hablando la señora Brisbane?

A la mañana siguiente, los Brisbane se van en el auto y me dejan solo. Trato de imaginar cuánto se están divirtiendo mis amigos en la fiesta de salida del cascarón, quiero decir, el cumpleaños, de Richie, así que decido alejar mis pensamientos de lo que me estoy perdiendo. Comienzo mi rutina de ejercicios de los fines de semana: saltos de tijera, lagartijas y brincos gigantescos, seguidos por vigorosos chapoteos.

Quiero ver si puedo llegar de nuevo hasta la tapa y ¡lo logro en una ocasión!

Después de un rato, los Brisbane regresan cargados de bolsas y sonrisas en sus rostros.

—Og, ¡te trajimos más premios! —anuncia el señor Brisbane—. ¡Gracias a Pet-O-Rama!

Pet-O-Rama debe ser un paraíso. De ahí vienen mis deliciosos bocaditos. Hasta Humphrey viene de allí y estoy un poquitín celoso.

El señor Brisbane no bromeaba sobre los premios. Se pasa gran parte del día arreglando mi tanque.

Cuando termina, el lugar se ve muy sofisticado.

Ahora, el insignificante plato de agua ha dado paso a una hermosa piscina que ocupa la MITAD de mi tanque. ¡Podré hacer clavados y nadar! ¡BING-BANG-*BOING*! ¡Me encanta que mis chapoteos causen sensación!

Además, añadió más plantas de hojas verdes. No es exactamente como el pantano, pero se parece más a mi antigua casa.

El señor Brisbane cierra con broche de oro este día perfecto dándome *otro* exquisito grillo (cuando la señora Brisbane no está en la habitación, claro está).

—Ni una palabra de esto a mi esposa —me dice.

¡No lo haré, créame!

Esa noche, cuando la casa está en silencio, compongo una nueva versión de la canción de la rana feliz.

Canto alto y fuerte una alegre canción
para que me escuchen en cualquier rincón.
Tengo un hogar nuevo y me siento feliz
y estoy orgulloso de mi pedigrí.

Puedo zambullirme y también nadar.
No me falta nada en este lugar.
A los Brisbane debo esta diversión
y les doy las gracias por todo su amor.

Cuando ya me estoy sintiendo cansado y listo para quedarme dormido, me pongo a pensar que el señor y la señora Brisbane no se esforzarían tanto por mí si planearan enviarme a Piney Woods.

¿No les parece?

Estoy muy entusiasmado de regresar al Aula 26 el lunes. Espero que mi vecino Humphrey se dé cuenta de los cambios en mi tanque.

Al principio... no nota nada. Tampoco ninguno de los renacuajos humanos. Están muy ocupados cotorreando sobre la fiesta como un montón de cuervos graznando.

Por lo que oigo, de alguna manera, Humphrey terminó saliendo del sombrero del mago. Quisiera poder preguntarle al pequeñín cómo fue que pasó eso.

También noto otras cosas. Como que Heidi y Gail vuelven a ser las mejores amigas. Por la manera que se comportan, es difícil creer que en algún momento se insultaron o se sacaron la lengua mutuamente.

—Gracias por defenderme —dice Heidi.

—No podía dejar que ese bravucón te tratara de esa manera —contesta Gail—. Después de todo, tú eres mi amiga.

No sé de qué bravucón hablan. ¿Podría haber sido George?

Supongo que la Abuelita Verdecita tenía razón al decir que los problemas encuentran la manera de resolverse solos. Heidi y Gail son verdaderas amigas de oro.

¡Haber hecho las paces es más mágico que sacar a un hámster de un sombrero!

Entonces mi vecino nota los cambios en mi tanque y deja escapar una serie de entusiastas chillidos.

Los renacuajos humanos también se dan cuenta.

—¡Vaya, Oggy! ¡Qué flamante piscina tienes ahí! —exclama A.J. mientras se inclina para inspeccionar mi tanque.

Los otros estudiantes se reúnen alrededor.

—Ahora puede zambullirse y nadar —dice Sayeh en voz baja—. Podría ir a las olimpíadas.

—O a las Og-limpiadas —agrega Kirk.

—Y su tanque se ve mucho más pantanoso con todas esas plantas nuevas —comenta Miranda.

—Creo que necesita algunos muebles —sugiere Richie—. Como una cama y un sofá.

Gail se ríe.

—¡Y un televisor!

—¿Qué tal una CHIMENEA? —agrega A. J.

La cama y el televisor suenan bien. La chimenea, ¡no, gracias!

Más tarde, cuando los estudiantes se van a sus casas, Humphrey no pierde ni un segundo para abrir de golpe la puerta de su jaula y correr a ver más de cerca mi tanque.

—¡Mira esto! —Me paro sobre mi roca en la punta de mis patas y me impulso a la piscina con un clavado gigantesco que lo salpica todo. Un clavado del que cualquier rana estaría orgullosa.

¿Está Humphrey impresionado?

¡Para nada! El pequeñín entra en pánico y corre despavorido de regreso a su jaula.

¡Ups! Se me olvidó que los hámsteres no se deben mojar. Trataré de no salpicarlo en el futuro. Yo no quiero molestarlo.

Cuando Aldo llega a limpiar, tiene dos sorpresas para mí.

Una es un premio: un gusano de la harina. Gracias, Aldo.

Él también se da cuenta enseguida de mi tanque nuevo y mejorado, y piensa que es impresionante.

—Una rana como tú merece una piscina —dice—. Ahora puedes zambullirte y nadar todo lo que quieras.

—¡BOING-BOING! —concuerdo.

La segunda sorpresa es que me cuenta que ha solicitado a la universidad y lo han aceptado.

¡De eso se trataba la hoja de papel! ¡Y la entregó!

—Humphrey se enteró en la fiesta, pero yo quería que tú también lo supieras, Og —me cuenta.

—¡Bien hecho! —le digo, rebotando en mi roca.

Es una celebración saltarina, algo como la salida del cascarón.

Me siento muy contento el resto de la semana.

Casi me alegra que no haya más sorpresas. Así puedo pensar. Flotar. Dormitar. *Ser.*

Pero, el jueves por la tarde, de repente, Heidi grita:

—¡Miren por la ventana! ¡Miren!

Reboto sobre mi roca para tratar de ver mejor. Cortinas de copos de algodones están cayendo del cielo y el suelo se empieza a pintar de blanco.

—¡Está nevando! —gritan algunos estudiantes.

Yo he visto antes algunas borlas blancas caer del cielo, pero nada como esto. Normalmente, cuando hace suficiente frío como para que se vean los copos blancos, llega mi momento de tomar una larga larga siesta.

—Madre mía, nunca había visto una nevada tan fuerte en toda mi vida —dice Richie.

Yo tampoco. Nunca he apreciado la sosegada belleza de la nieve aglomerándose. En el pantano, yo pasaba ese tiempo durmiendo.

Probablemente, mis pobres amigos allá están durmiendo como troncos en este momento y se están perdiendo este espectáculo.

Ese es lado positivo de ser la mascota de una clase.

Comidas garantizadas, no hay enemigos y ahora... ¡nieve!

La señora Brisbane ayuda a los estudiantes a abrigarse al finalizar las clases.

—Los veo mañana —nos dice mientras sale a toda prisa.

Eso es lo que dice siempre... por lo menos entre semana.

El pequeñín de al lado permanece sentado en su jaula, mirando por la ventana cómo las cortinas de nieve van llenando el estacionamiento.

Él se queda mirando y mirando... pero el auto de Aldo no llega.

Aldo nunca falta a su trabajo nocturno. Tal vez está hibernando.

Afuera, el mundo entero es blanco. ¿Quién diría que eso podía pasar?

No hay nada más allá fuera, solamente nieve y más nieve.

Nieve muy muy fría.

Y esa nieve fría me da mucho... mucho... sueño.

Nieva toda la noche y, al día siguiente, *nadie* llega a la clase... ¡ni siquiera la señora Brisbane!

Mi vecinito debe haberse dado cuenta de que nadie vendrá a la escuela porque abre de golpe la puerta de su jaula y se queda mirando por la ventana por un gran rato.

Duermo bastante, pero me despierto cuando suena la campana para el recreo o el almuerzo. Sin los renacuajos humanos haciendo ruido, pronto vuelvo a quedarme dormido.

Por la tarde, me quedo profundamente dormido y sueño con la vez en que Jumpin' Jack y yo jugábamos a saltar el burro, uno brincando por encima del otro, y Jack aterrizó justo frente a un mapache con cara de hambre.

¡Nunca he visto a una rana dar un salto atrás tan lejos ni tan rápido!

¡Scritch-scritch-scritch!

¡Ningún animal en el pantano hace ese ruido!

Ya estoy despierto y el ruido es Humphrey escribiendo en su cuaderno.

No es un ruido malo, así que me quedo dormido otra vez.

Todo está tan frío como el corazón de un mocasín de agua. Estoy consciente de algunos sonidos: la última campana del día, Humphrey dando vueltas en su rueda, pero la mayor parte del tiempo estoy adormecido.

En algún momento durante la noche, una ruidosa máquina afuera va de acá para allá. Una luz anaranjada giratoria entra por la ventana.

El único otro sonido que oigo en toda la noche es a Humphrey chillando justo frente a mi tanque. Me despierto solo lo suficiente para darle las buenas noches.

Humphrey se da por vencido y vuelve a su jaula. El Aula 26 está más silenciosa que una culebra de agua serpenteando las oscuras aguas.

De superestrella a estrellado

· · · · · · · · · · · · · · · ·

La temperatura desciende rápidamente. El pantano se ve lúgubre. La mayoría de las aves han volado lejos y ya no hay hojas verdes. Mi barriguita está vacía, mis saltos son más bajos, mi corazón es más lento. Los días son más cortos y cada vez hace más frío. Es hora de buscar un lugar donde refugiarme y que nadie me vea… pero tengo tanto tanto sueño.

Cabeceo. Duermo. Sueño.

Pero, después de un rato, me despierto sobresaltado.

Ya es de día afuera y hace rato que Humphrey no se sube a su rueda.

La última vez que lo oí chillar fue hace horas y ahora recuerdo que era un chillido muy débil.

De pronto, me doy cuenta. Mi cerebro está un poco borroso, pero recuerdo que Humphrey necesita comer con mucha más frecuencia que yo. ¿Tendrá hambre? *¿Mucha hambre?*

Si tomo una larga siesta, yo estaré bien. El pobre Humphrey necesita comida y agua.

El peludito siempre trata de ayudar a sus compañeros estudiantes y hasta ayuda a renacuajos gigantes como Aldo.

Tiene grandes planes en su pequeño cerebro.

Pero yo estoy atrapado en mi tanque. ¿Cómo puedo ayudar?

—¿Humphrey, estás bien? —le pregunto.

Pasa un largo rato hasta que oigo un chillido triste y lastimero.

Poco después, Humphrey sale arrastrándose de su jaula. Pienso que probablemente se dirige a mi tanque, pero da vuelta y se dirige a una pila de envases de comida que la señora Brisbane tiene sobre la mesa.

Pobrecito, tiene hambre.

Se detiene y mira hacia arriba, donde están las bolsas altas y los frascos de comida para hámsteres que se elevan por encima de él. Con lo diminuto que es, embiste la enorme bolsa de pequeñas croquetas marrón que los renacuajos le dan a Humphrey. Yo no sé qué son, pero apuesto que no son ni la mitad de sabrosas que los grillos.

—¡Ten cuidado! —le digo, pero es demasiado tarde.

La bolsa se tambalea de un lado a otro y... ¡PUM! Cae justo encima de Humphrey.

Lo oigo chillar, así que debe de estar bien, pero está atrapado debajo de la gran bolsa. ¿De qué pantanosa manera va a salir de ahí una criatura pequeñita como él?

No sé cómo ayudarlo. Pero, por lo menos, voy a tratar. Casi sin pensarlo, le digo:

—¡La ayuda va en camino, Humphrey!

Pero yo no tengo una puerta como Humphrey, y mi tanque tiene tapa. ¡Un momento! Yo he llegado a la tapa un par de veces durante mis sesiones de ejercicios. Tal vez haya una posibilidad...

Así que salto en una pata. Y brinco.

Y reboto.

Casi puedo oír a la Abuelita Verdecita decir: «Si no lo logras la primera vez, ¡salta y sigue saltando!».

Brinco cada vez más alto hasta que finalmente la toco.

Entonces doy un gran salto y ¿pueden creerlo? La tapa simplemente sale disparada.

Con otro salto gigante, ¡salgo del tanque y aterrizo en la mesa!

No me gusta presumir, pero mi especie, *Rana clamitans*, sobresale por nuestra impresionante capacidad para saltar. Y hoy puede que les haya ganado a todas.

—¡Voy de camino, Humphrey! ¡No te preocupes! —le digo.

Estoy seguro de que está muy preocupado, porque todo lo que oye es «¡BOING-BOING!».

Como saltar es mi punto fuerte, puedo lanzarme con todo el cuerpo contra la bolsa. Pero tengo que tener cuidado de no aplastar a Humphrey. Lo que tengo que hacer es abrir el espacio alrededor de él.

Es un trabajo duro, pero, seamos realistas, una bolsa de

comida para hámsteres no es tan aterradora como un pájaro de pico grande.

—¡Prepárate, Humphrey! ¡Aquí estoy! —le digo.

Corro hacia la bolsa y le pego una y otra vez. Me imagino que la bolsa es la infame tortuga Chopper y que estoy peleando por mi vida. Excepto que es la vida de Humphrey por la que estoy peleando.

El espacio se va ampliando hasta que veo una abertura.

Pero ¿dónde está Humphrey?

A estas alturas, ya estoy tan alterado que he cambiado mi manera de croar a mi grito de peligro extremo, que es «¡CRISH-CRISH!».

Entonces Humphrey sale tambaleándose.

Después de todo ese bamboleo de acá para allá, tengo miedo de que la bolsa vuelva a caerle encima al pequeñín.

—¡CRIIISH! —le advierto.

Y ¿quién lo hubiera dicho? De pronto, Humphrey se agarra de mi espalda.

Me alejo brincando tan rápido como puedo con Humphrey aferrado a mí. La bolsa se cae y casi nos golpea, pero sigo brincando.

Es como la escena de una película que vi por televisión en la que todos montaban a caballo. No sé si alguien ha montado antes sobre una rana, pero ¡aquí vamos!

—¡CRIIISH! —grito—. ¡Agárrate, Humphrey!

—¡HIIIC-HIIIC-HIIIC! —contesta.

¡BING-BANG-BOING! Lo entiendo perfectamente. De repente, ¡se encienden todas las luces! Dejo de brincar y Humphrey baja de mi espalda deslizándose.

La señora Brisbane, toda enfundada en un grueso abrigo y sombrero, viene corriendo hacia nuestra mesa.

—Pero ¿cómo han podido escaparse? —pregunta.

El señor Morales está ahí también y ambos parecen muy sorprendidos de vernos libres.

Aldo entra corriendo en el aula gritando:

—¡No teman, Aldo al rescate!

Los tres están aquí porque estaban preocupados por *nosotros*.

La señora Brisbane coloca a Humphrey otra vez en su jaula y le da algunas croquetas.

El señor Morales me regresa a mi tanque y me da dos deliciosos grillos. ¡Apuesto a que el director nunca le ha dado de comer a George!

Pronto llegan Miranda, Heidi, Garth, Sayeh y otro montón de personas.

¡*Todos* estaban preocupados por nosotros!

Entonces me pregunto: ¿Qué estaría haciendo George en estos últimos días? ¿Tendría frío o hambre?

—Revisé el Aula 27 y parece que la señorita Loomis se llevó a George a su casa el jueves —dice Aldo.

Así que George está seguro y puede decir todos los **RUM-RUM** que quiera.

El día tuvo un final feliz. Aldo se va para estudiar para

un examen, pero el señor Morales ayuda a la señora Brisbane a llevarnos a Humphrey y a mí a su casa hasta que se reanuden las clases.

En el auto, oigo a Humphrey decir:

—¡HIIIC-HIIIC-HIIIC!

—No hay de qué, compañero —respondo.

En la casa de los Brisbane, el señor Morales y la señora Brisbane intentan descifrar qué pasó, excepto que piensan que Humphrey salió de su jaula porque alguien olvidó cerrar la puerta.

Ellos no saben que él puede abrir la puerta cada vez que lo desea. ¡Lo hace todo el tiempo! Y la vuelve a cerrar cuando regresa a la jaula. Pero yo nunca lo diré... palabra de honor de rana.

—Tal vez Og estaba tratando de ayudar a Humphrey a conseguir comida y se las arregló para salir brincando de su tanque —dice la señora Brisbane.

—Es difícil de creer, pero es la única respuesta —concuerda el señor Morales.

La señora Brisbane se voltea para mirarme.

—Og, eres un verdadero héroe.

Humphrey chilla. Estoy seguro de que está de acuerdo con ella. Si yo fuera un bocón, probablemente estaría presumiendo de lo que hice. Por el contrario, solo digo: «No fue nada».

Dos días después, estamos otra vez en el Aula 26 y la nieve se está derritiendo rápidamente bajo un cielo soleado.

Me siento orgulloso y contento cuando la señora Brisbane le cuenta a toda la clase sobre mi acto heroico.

A.J. grita con fuerza:

—¡Tres hurras para Og!

Para mi sorpresa, toda la clase aclama:

—¡Hurra! ¡Hurra! ¡Hurra! ¡Que viva Og!

—¡HIIIC-HIIIC-HIIIC! —mi vecino vitorea con ellos.

Se oye muy feliz, pero más tarde, cuando estamos solos, me pregunto si Humphrey me habría rescatado.

Él no podría mover objetos pesados solo y es demasiado pequeño para llevarme sobre su espalda. Pero, si pudiera, ¿me salvaría? Realmente no lo sé.

No hay tiempo de preocuparse por eso durante la semana porque hay muchas cosas sucediendo en el Aula 26.

Están escribiendo poemas. Confeccionando tarjetas. Cortando corazones de papel. De las pizarras y los tablones de anuncios están colgando corazones de papel rojos.

Las tarjetas son por San Valentín. Los poemas, para el festival de poesía. No estoy seguro de qué es ninguno de los dos, pero mantengo ojos y oídos abiertos.

Resulta ser que en el Día de San Valentín los humanos intercambian tarjetas y golosinas y objetos con forma de corazón como muestras de afecto.

Hasta Humphrey y yo recibimos tarjetas de los renacuajos humanos.

Mi favorita es la de Mandy.

Las rosas son rojas,
las ranas, verdes son.
Yo quiero mucho
a mi nuevo amigo Og.
Él me ayuda a aclarar la mente
y ¡a evitar que me queje constantemente!

Nadie en el pantano me dijo nunca cosas tan bonitas.
Qué bien.

Todos los renacuajos humanos están entusiasmados porque sus padres vienen esta tarde a oír los poemas.

Mientras mis amigos están almorzando, dedico tiempo a soñar despierto. Pero Humphrey interrumpe mi concentración garabateando como loco en su pequeño cuaderno.

¿Qué pantanos estará escribiendo?

Arranca con los dientes la página de su diminuto cuaderno. Incluso, lo lee en voz alta.

Hiiic-hiiic-hiiic-hiiic.
Hiiic-hiiic-hiiic-hiiic,
hiiic-hiiic-hiiic-hiiic,
¡Hiiic-hiiic-hiiic-hiiic!

¡Qué pena que no entiendo ni papa!

Entonces, abre de golpe la puerta de su jaula y mira el reloj.

—Regresarán en cualquier momento —intento advertirle.

Creo que me entiende, porque, con la mayor rapidez que lo he visto moverse, se desliza por la pata de la mesa y corre al escritorio de la señora Brisbane, deja caer la hoja de papel en el piso y regresa corriendo a la mesa.

Si nadie la descubre esta tarde, probablemente la escoba de Aldo se la llevará.

Cuando Humphrey ya está a salvo en su jaula y nuestros compañeros de clase regresan al aula, yo no le quito el ojo de encima a esa hoja de papel.

¡Y siento un gran alivio cuando la señora Brisbane la recoge!

Es divertido ver llegar esa tarde a los padres de los renacuajos humanos. La mayoría pasa por nuestra mesa para saludarnos a Humphrey y a mí.

Los renacuajos humanos hacen un buen trabajo leyendo sus poemas. Si alguien se atasca, la señora Brisbane le da un empujoncito.

Algo gracioso ocurre casi al final del día. La señora Brisbane busca en su bolsillo y saca el maltrecho pedazo de papel que Humphrey dejó en el piso. Ella explica que lo encontró y dice: «Expresa claramente los sentimientos que los niños de esta clase tienen por sus compañeros».

Escucho atentamente mientras lo lee:

Un amigo no tiene que ser perfecto,
si tiene el corazón en el lugar correcto.
No importa cómo luce tu amigo,
ve solo cómo se comporta contigo.
Un amigo siempre está a tu lado
en tiempos buenos y malos.
Un amigo es con quien puedes estar
sin necesidad de tener que hablar.
Si un amigo quieres buscar,
no te será difícil de encontrar.

¿Humphrey escribió eso? Me encanta, aunque tengo una extraña sensación en el estómago porque me parece que escribió ese poema sobre mí.

Y, si es así, creo que el pequeñín y yo somos amigos de verdad. No creo que eso pudiera ocurrir en el pantano, donde los anfibios y los mamíferos nunca son amigos.

Pero es el tipo de cosas que ocurren todo el tiempo en el Aula 26.

Para ser una rana de sangre fría, siento un intenso calor por dentro.

Más tarde esa noche, pienso en todas las cosas lindas que los renacuajos humanos y Humphrey escribieron sobre mí. Así que yo también escribo un poema. Yo no tengo un cuaderno, así que lo escribo en mi mente.

> De todos mis lugares favoritos
> el Aula 26 es el mejor.
> Feliz Día de San Valentín
> a mis nuevos amiguitos
> les deseo de todo corazón.
> Nunca pensé tener un amigo hámster
> pero es una gran sensación.

¡Ya está! No encuentro nada que rime con hámster, pero casi casi. Creo que es lo suficientemente bueno como para ponerlo en una tarjeta en forma de corazón.

Esa noche duermo tranquilo, sabiendo que mis amigos en la clase de la señora Brisbane me quieren tanto como yo los quiero a ellos.

El lunes, la señora Brisbane hace un anuncio y me quedo boquiabierto.

—Niños, es momento de llegar a un acuerdo sobre el futuro de Og. Ustedes oyeron lo que dijo la doctora Okeke. Mañana tendremos un debate sobre por qué ustedes piensan que Og debería quedarse en el Aula 26 o mudarse al centro de vida silvestre en Piney Woods.

—¡HIIIC! —Humphrey corre al frente de su jaula—. ¡HIIIC-HIIIC-HIIIC!

El pequeñín está muy entusiasmado.

—¡HIIIC-HIIIC-HIIIC! —repite.

Me doy cuenta de que esta es la primera vez que él oye hablar de Piney Woods.

—Estabas durmiendo cuando la doctora estuvo aquí de visita —le cuento. De veras me gustaría hablar el lenguaje de los hámsteres.

La señora Brisbane le pide a Mandy que reparta las hojas con las instrucciones de la tarea.

—Las preguntas en esta hoja de trabajo los ayudarán a comprender los pros y contras de llevar a Og a Piney Woods —explica—. ¿Qué piensan que sería mejor para Og y para todos en nuestra clase? y ¿Por qué?

—¡HIIIC-HIIIC-HIIIC! —grita Humphrey.

—Tranquilízate, Humphrey —dice la señora Brisbane y

da la espalda a la clase—. Cuando respondan todas las preguntas, quiero que preparen sus argumentos. Después del debate, tendremos una votación y decidiremos de una vez por todas.

No mueve ni un pelo. No le tiemblan los labios. ¿Acaso *ella* quiere que me vaya del Aula 26?

¿*Todos* quieren que me vaya del Aula 26?

¿Es que *yo* no tengo ni voz ni voto en este asunto? (Bueno, está claro que *no*). Me estoy mareando.

Apenas la semana pasada pensaba que era una superestrella, y ahora siento que me he estrellado.

El gran debate sobre la rana

· · · · · · · · · · · · · · · ·

El pantano todavía está frío, pero me estoy despertando.
Todo se ve diferente y no veo a nadie conocido. ¿Dónde están
la Abuelita Verdecita y el Tío Parlanchín? ¿Dónde está mi
compinche Jumpin' Jack? Deben de estar durmiendo en algún
lugar. ¿Hay alguien despierto? Entonces las oigo.

¡Somos las ranas toro, defensoras del pantano!
¡Somos las ranas toro, más fuertes que todos!
¡Las ranas toro tienen el control! ¡Las ranas toro gobiernan!
¡RUM-RUM! ¡RUM-RUM! ¡RUM-RUM!

¡Auxilio! ¡Me tienen rodeado! ¡¿Alguien puede sacarme
de aquí?!

No lamento despertar de esa fantasía. Era demasiado
real.

El Aula 26 no es tan ruidosa como el pantano en mi
fantasía, pero siento la tensión en el ambiente mientras los

renacuajos humanos se preparan para el gran debate sobre la rana. Así lo han llamado.

Estoy tan preocupado como una rana toro que ha perdido la voz. Estoy tan tenso como un pato atrapado en el fango.

Lo que quiero decir es: Estoy nervioso. Y los renacuajos humanos también. Incluso la señora Brisbane se ve un poco ansiosa hoy.

¿Y Humphrey? ¡Ya ha chillado tanto que me temo que se va a quedar afónico!

—¡HIIIC-HIIIC-HIIIC-*HIIIC*!

Me zambullo en el lado con agua de mi tanque e intento Flotar. Dormitar. *Ser.* Hoy no funciona.

Sayeh está metida hasta la nariz en una hoja de papel que está estudiando, y Heidi está hablando sola.

Gail no se ríe con *nada*. Y cuando A.J. me saluda con su habitual «¡Hola, Oggy!», su voz se oye mucho más suave que de costumbre.

Garth limpia sus lentes una y otra vez.

Mandy frunce el ceño. Me mira, pero esta vez no puedo hacerla sonreír.

Yo tampoco tengo deseos de sonreír.

Tabitha tiene la mirada perdida y un semblante melancólico. Cuando le digo «¡ánimo!» ni siquiera me mira.

Miro alrededor de mi acogedor tanque con su piscina de agua limpia… el adorable musgo verde… mi roca.

Miranda, Richie y Seth me lanzan palitos de pescado al

tanque cuando la señora Brisbane no está mirando. No me los como todos porque, si voy a regresar al pantano, tengo que estar en forma para saltar. Además, no tengo hambre.

Después de pasar lista, la señora Brisbane envía a los renacuajos humanos al gimnasio a primera hora de la mañana. No tengo la menor idea de qué hacen allí. Cuando regresan, la maestra les dice que, en vez de las asignaturas regulares, comenzarán con el debate.

Eso está bien, porque no creo que mis amigos puedan pensar en ninguna otra cosa esta mañana. Yo sé que las matemáticas son lo último en *mi* mente hoy.

Si los anfibios pudiéramos sudar, yo estaría sudando.

¡Lo peor es que ni siquiera *yo* estoy seguro de cuál debe ser mi destino!

Cuando la señora Brisbane dice: «Que comience el gran debate sobre la rana», de repente, se me aflojan mis fabulosas patas saltarinas.

—Comencemos con un ponente del lado a favor de que Og se mude a Piney Woods —dice la maestra.

Se levantan muchas manos. Incluso Heidi, que generalmente olvida levantar la mano, la agita en el aire. Naturalmente, la señora Brisbane le da la palabra.

Heidi tiene datos anotados en una hoja de papel. Tiene la expresión resuelta, pero le tiemblan las manos y el papel.

—No se trata de que yo no quiera a Og, porque sí lo quiero —comienza. Mira hacia mi tanque—. De verdad te quiero, Og.

Ese es un buen comienzo.

—Pero él fue arrebatado de su hogar en McKenzie's Marsh... y eso puede ser incluso ilegal —dice.

—Ya investigué eso, y no es ilegal aquí —la interrumpe la señora Brisbane.

—Pues ¡debería serlo! —responde Heidi—. Está mal apartar a una criatura pequeña e indefensa de su familia y de sus amigos. Lejos de su *torneo* natural.

—«Entorno» —la corrige la señora Brisbane.

Todavía estoy pensando en la parte de *criatura pequeña e indefensa*. Quizás esa es la opinión que tienen de mí las ranas toro, pero ¡yo creo que soy un saltador extraordinario y el mejor ayudante de todas las ranas verdes!

—Si te llevan de tu casa, eso sería un secuestro —dice Heidi a la clase.

Miro las caras de los demás renacuajos humanos y todos están muy serios.

—Quisiera que Og pudiera volver a McKenzie's Marsh, pero, como eso puede hacer que sus amigos se enfermen, debe ir a Piney Woods, donde puede estar en su... *entorno* natural —concluye Heidi. Pero veo que le tiemblan un poco los labios—. ¡Aunque te voy a echar mucho de menos, Og!

Se sienta rápidamente y la señora Brisbane llama a alguien a favor de que me quede en el Aula 26.

—Creo que Og es genial —gruñe A.J.— Creo que debe quedarse aquí porque puede enseñarnos muchas cosas.

—¿Podrías decirnos más sobre qué puede enseñarnos Og? —le pregunta nuestra maestra.

A.J. vacila.

—Bueno, cómo son los anfibios y cómo es tener sangre fría. Y, este... él es tan gracioso cada vez que dice «BOING». Se sienta rápidamente, igual que hizo Heidi.

En Piney Woods, supongo que me alimentarán, estaré al aire libre y tendré un espacio más amplio para saltar por ahí. No tendría enemigos y muchas personas verían lo genial que puede ser una rana verde.

En el Aula 26, no tengo enemigos, todos me quieren, puedo ayudar a los renacuajos humanos y a la señora Brisbane y tengo un nuevo amigo peludo.

Humphrey me saca de concentración con unos chillidos alarmantemente fuertes.

—¡¡¡HIIIC-HIIIC-HIIIC!!!

—Gracias por tu opinión, Humphrey —dice la señora Brisbane. Me parece que está aguantando las ganas de reír.

Y la historia continúa... Garth divaga diciendo que los animales nunca deben sacarse de su entorno natural y por qué.

—Pero ya Og no está en su entorno natural —dice la señora Brisbane—. ¿Qué hacemos ahora?

Garth murmura: «Piney Woods» y se sienta.

Cuando la señora Brisbane le pregunta a Tabitha, ella baja la vista a su escritorio y no dice nada. Me parece ver lágrimas en sus ojos. ¿Ha cambiado su manera de pensar?

Gail está totalmente de acuerdo con que me quede en el Aula 26:

—Porque es adorable y lo queremos y yo sé que a él le gusta estar aquí.

Es una respuesta corta, pero tiene razón. Me gusta el Aula 26. Me gustan los renacuajos humanos y también la señora Brisbane. Me gusta mi tanque nuevo y limpio y tener una variedad de comida interesante.

A pesar de haberme hecho pis sobre su mano, Mandy cree que debo quedarme porque ¡la hago sentir más alegre! Eso es bonito, particularmente viniendo de ella.

El alegato de Richie es breve y dulce:

—Aceptamos a Og como nuestra mascota de la clase. No debemos deshacernos de él. Eso sería muy grosero.

Seth está de acuerdo.

—Og hace más divertida el Aula 26. ¡Y es un buen compañero para Humphrey!

—Yo también creo que él es genial —dice Kirk—. Yo quiero que se quede, pero me pregunto si eso es egoísta. ¿Él es feliz aquí? ¿Sería más feliz en Piney Woods?

Kirk vacila y tengo la impresión de que va a hacer un chiste.

—¿Qué hace feliz a una rana? Hacer lo que le da la gana.

Todos los renacuajos humanos gruñen y la señora Brisbane le pide a Kirk que se siente.

—¿Sayeh? —dice la señora Brisbane—. Me parece que tú

estabas a favor de devolver a Og al pantano. ¿Cuál es tu posición con respecto a Piney Woods?

Sayeh se pone de pie y vacila antes de hablar. No tiene apuntes.

No importa lo que diga, solo espero que hable lo suficientemente alto como para poder oírla.

—Sí, señora Brisbane. Yo estaba de acuerdo con Heidi en que Og fue arrebatado de su hogar, de su familia y de sus amigos. Me parecía que estaba mal porque no fue su elección. Heidi levanta el pulgar en señal de aprobación.

Sayeh traga saliva y continúa:

—Pero he estado pensando mucho en mi vida. Yo tenía un hogar en otro país. Mi familia y mis amigos estaban allí. Y luego nos mudamos aquí, a un lugar distante que era muy diferente. Tuvimos que dejar atrás a otros parientes y amistades.

Todos los renacuajos humanos están muy callados. Hasta Kirk se ve serio, para variar.

—Al igual que Og, mudarme no fue idea mía —continúa Sayeh—. Mis padres dijeron que teníamos que irnos. Fue lo más difícil que he hecho en mi vida. Este era un lugar desconocido, pero pronto hice nuevos amigos y me gustó este nuevo país. No sé cuándo ocurrió, pero, después de un tiempo, *este* se convirtió en mi hogar. Todavía pienso en mi antiguo hogar, pero es aquí donde quiero vivir ahora. Este es mi verdadero hogar.

Sayeh se detiene y mira hacia mi tanque.

—Y no puedo evitar preguntarme si es de la misma manera para Og. Por supuesto que él amaba el pantano y a su familia y a sus amigos. Pero cada día él se ve más a gusto en el Aula 26. Brinca y salta y nos hace reír. Y sus fuertes sonidos de «boing» me recuerdan que debo defenderme sola.

—¡BOING-BOING-BOING-BOING! —concuerdo, porque ese es el mejor discurso que he oído en mi vida. Yo ayudé a Sayeh y ¡ni siquiera me había dado cuenta!

El salón había estado en silencio, pero se oyen algunas risas nerviosas cuando yo meto la cuchara.

Entonces, Humphrey abre la boca con su «¡HIIIC-HIIIC-HIIIC-HIIIC!» y mis amigos se ríen a carcajadas.

—Está bien, clase —dice la señora Brisbane con una sonrisa—. Dejemos que Sayeh termine.

—Gracias por ayudarme, Og. He cambiado de opinión. Creo que debe quedarse. —Sayeh se sienta.

Puedo notar que está contenta de haber terminado.

—Gracias, Sayeh. —le digo—. ¡BOING-BOING! Tú me has ayudado a decidirme.

Porque sé dónde está realmente mi hogar.

Impera el silencio en el aula. Hasta Humphrey está callado.

De repente, Tabitha salta.

—¡Og me ayudó a mí también! Este era un lugar desconocido para mí, pero Og me hizo sentir como en casa.

No sé cómo lo hizo, pero me dio ánimo para intentarlo. Lamento no haberlo dicho antes, pero ¡realmente quiero que se quede! ¡Espero que todos mis nuevos amigos en el Aula 26 estén de acuerdo!

—¡Yo estoy de acuerdo! —le digo, y ella sonríe.

—Gracias por dar tu opinión, Tabitha. ¿Alguien más? —la señora Brisbane pregunta, mirando a todos lados—. ¿Art?

—Una vez me estaba quedando dormido y Og me despertó antes de que me metiera en problemas —dice Art. Entonces, añade—: Lo siento, señora Brisbane. Estaré más atento la próxima vez.

La maestra se ríe.

—Og me ayudó a mí también.

Lo hice, ¿verdad? Le hice la vida más fácil al aceptar los gusanos de la harina y ayudé a llamar la atención de la señora Brisbane para que viera la hoja de papel que tanto le preocupaba a Aldo.

¡Es verdad! Estoy cumpliendo con mi parte como mascota de la clase. Ahora espero poder conservar mi trabajo.

—Gracias a todos los que hablaron —dice la señora Brisbane—. La campana del almuerzo sonará en cualquier momento. Quiero que cada uno de ustedes escriba su decisión en uno de estos papelitos.

Camina por el aula repartiendo los papelitos.

—¡BOING! —No me dio uno. Ni a Humphrey tampoco.

—Escriban «Piney Woods» o «Aula 26», lo doblan y lo depositan en la urna que está al lado de la puerta cuando vayan a salir —continúa la señora Brisbane—. No escriban su nombre. El voto es secreto.

Veo a mis amigos escribiendo, pero no puedo ver qué escriben.

Suena la campana y, uno a uno, los renacuajos humanos van desfilando y echando un voto en la urna.

—Gracias —les dice la señora Brisbane según van saliendo—. Contaré los votos cuando regresemos de almorzar.

Algunos de los renacuajos humanos gruñen. ¿No puede contarlos ahora? —pregunta A. J.

—Después del almuerzo —contesta con firmeza la señora Brisbane.

Todos salen del aula y Humphrey abre rápidamente la puerta de su jaula, pero igual de rápido la vuelve a cerrar.

Ya veo por qué. La señora Brisbane ha regresado.

—¿Dónde habré dejado mi almuerzo? —pregunta.

Yo no contesto, porque creo que está hablando con ella misma.

Humphrey se le queda mirando intensamente mientras ella busca en su cartera y en otra bolsa más grande que siempre lleva consigo.

—Olvidaría mi cabeza si no la tuviera pegada al cuello —murmura.

¡No me gustaría ver a una maestra sin cabeza!

Entonces empieza a abrir todas las gavetas del escritorio y a buscar dentro de ellas.

Todavía no aparece el almuerzo, así que abre de golpe la puerta del armario y desaparece de mi vista. Puedo oírla murmurando sola.

Cuando sale, dice:

—Yo sé que preparé mi almuerzo esta mañana y lo puse en el... —de repente, se detiene—. ¡Lo puse en el *auto*! Ay, y ahora casi no me queda tiempo para comer.

Sale corriendo otra vez.

Humphrey y yo volvemos a quedarnos solos. Los dos solos con esa urna de votación en el Aula 26.

Me quedo mirando a esa caja, sabiendo que mi suerte será decidida por los papelitos que hay dentro.

Estoy tan sobresaltado que apenas me doy cuenta de que Humphrey abre la puerta de su jaula y se escurre por la mesa. Pero me pongo muy nervioso cuando lo veo deslizarse por la pata de la mesa.

—¡Humphrey! ¡No vayas! ¡No te va a dar tiempo de regresar a tu jaula! —le advierto.

Atraviesa el aula corriendo como un rayo... y ¿qué es eso que lleva en la boca? Un diminuto papelito.

—¡Vuelve! —le grito. Pero Humphrey sigue.

La urna descansa sobre un taburete. Es mucho más bajo que nuestra mesa, pero es demasiado alto para que un pequeño hámster se trepe.

Así que me sorprende cuando veo a Humphrey escalar

hábilmente los peldaños del taburete y, con un gran esfuerzo, impulsarse hasta la cima.

—¡Ten cuidado, Humphrey! —le digo.

Entonces se para en puntitas de pie y se cuelga del borde de la urna con una pata. Echa el papelito en la urna con los demás.

La caja se balancea un poco y empieza a inclinarse.

—¡Cuidado! —le advierto, y doy mi grito de peligro— ¡SCREEE!

Humphrey se suelta rápidamente y se desliza a la parte superior del taburete. Justo cuando se desliza por una de las patas, suena la campana.

¡Ha terminado la hora de almuerzo!

—¡APÚRATE! —le grito—. ¡SCREEE! ¡SCREEE! —No puedo evitarlo.

Atraviesa el aula corriendo tan rápido como una liebre, agarra el cordón de las persianas y comienza a columpiarse.

—¡Rápido, Humphrey! —le digo—. ¡Por favor!

La puerta se abre y los estudiantes entran como manada al Aula 26 justo cuando Humphrey aterriza en la mesa y corre a toda velocidad hasta su jaula.

Mi corazón late más rápido de lo que van sus pasos mientras él se mete corriendo en la jaula y cierra la puerta antes de que alguien (sin contarme a mí) se dé cuenta.

—¡Lo lograste! —le digo—. ¡LO LOGRASTE!

Mi vecino apenas responde con un débil chillido.

La decisión

· · · · · · · · · · · · · · · · ·

Plaf. Plaf. Plaf-plof. Está lloviendo. Plaf. Plaf. Plaf-plof.
«¡Hiiic-hiiic-hiiic!» Estoy en mi acogedor tanque en el Aula
26 y estoy aquí porque soy la mascota de una clase y ayudo
a mis amigos, igual que lo hace Humphrey. Puedo Flotar.
Dormitar. Ser. Y solo me mojo cuando quiero. Porque llegué
para quedarme.

Qué lástima que solo estoy soñando despierto. El sonido
de las gotas de lluvia en la ventana del Aula 26 generalmente
me calma, pero hoy es el día que mi futuro depende del voto
de la clase. Así que no estoy nada relajado y tampoco los
renacuajos humanos.

Humphrey ha estado dando vueltas en su rueda sin
parar. ¡El pobrecito se va a agotar!

Todos los renacuajos humanos están inquietos también.
Ha llegado el momento de contar los votos, pero la señora
Brisbane está esperando a una persona.

¿Quién será? ¿Será Bert? ¿Será la doctora Okeke?

No. Pero es alguien muy importante: el señor Morales,

el director. Esta vez está usando una corbata llena de ranitas. ¡Se parecen mucho a mí!

—He decidido traer a alguien fuera del Aula 26 para que cuente los votos —explica la señora Brisbane a la clase.

Antes de comenzar, el señor Morales dice:

—La señora Brisbane me ha contado que todos ustedes han sopesado mucho el asunto antes de emitir sus votos. Así que... ahora conoceremos la decisión final.

Decisión final.

Te vas o te quedas.

Te amamos o no.

Estás dentro o fuera.

No hay término medio.

Pero al menos sé qué deseo. Espero que la votación sea a favor de que me quede. Porque Humphrey y los renacuajos humanos me han enseñado lo que debe hacer una buena mascota de la clase.

Y, si me quedo, prometo ser la mejor mascota de la clase posible, ¡palabra de rana!

Por supuesto, si tengo que irme a Piney Woods, todavía podré Flotar. Dormitar. *Ser.* Pero en el Aula 26 he aprendido que la vida es mucho más que sentarse sobre los nenúfares.

He aprendido que una pequeña criatura puede hacer una gran diferencia para los humanos. Humphrey lo ha logrado, y yo también quiero hacerlo.

El salón está muy silencioso mientras el señor Morales busca la urna y lee el primer voto.

—Piney Woods —dice.

Se me cae el corazón a las patas palmeadas. Pero el siguiente voto es: «Aula 26». Y luego otro.

Mi mente se acelera a medida que va leyendo los votos uno a uno.

Al final, solo hay dos votos para Piney Woods. Los demás son a favor de que me quede en el Aula 26.

—Me parece que es una elección clara —dice el señor Morales—. Og se quedará como mascota de su clase.

Todos empiezan a dar vivas.

¡Yo también estoy celebrando! Incluso Heidi y Garth se unen a la celebración.

Oigo también un chillido muy animado. ¡Gracias, Humphrey!

A pesar de los vítores, la señora Brisbane se ve preocupada.

—Me preocupa que me parece que hay más votos que estudiantes —dice.

El señor Morales hace un recuento rápido y la señora Brisbane tiene razón.

—Tenemos un voto adicional. *Creo* que debe de ser este. —Sostiene un pedacito de papel finito que es mucho más pequeño que los demás.

—La escritura es tan pequeña que casi no puedo leerla

—dice la maestra—. Pero dice «Aula veintiséis».

Eso es un alivio, porque si Humphrey no hubiera querido que me quedara, nuestras vidas como vecinos podrían ser difíciles.

Ella echa un vistazo por toda el aula.

—¿De quién es este voto? Nadie responde ni levanta la mano.

—Si alguien intentó votar dos veces, me gustaría saberlo —dice, mientras analiza las caras de los renacuajos humanos en busca de alguna señal.

Todos se ven tan inocentes. Porque *son* inocentes.

Y Humphrey no chilla porque no votó dos veces.

La señora Brisbane suspira.

—Espero que el dueño de este papel hable conmigo en privado. Por otra parte, incluso sin este voto, Og se quedará.

¡Los vítores son ensordecedores!

¡BING-BANG-BOING! Mi corazón salta de alegría.

Esto es lo que he querido desde el principio. Solo que no lo sabía.

A pesar de todo el ruido, puedo oír una vocecita aguda.

—¡HIIIC-HIIIC-HIIIC-HIIIC-*HIIIC*!

—Gracias, Humphrey —le digo—. Tu voto cuenta para mí.

Pienso que ahora volveremos a la rutina normal en el Aula 26, pero me equivoco.

Unos cuantos días después de la votación, la señora Brisbane hace un anuncio.

—La doctora Okeke nos ha invitado a participar en la Feria de Vida Silvestre esta primavera en Piney Woods. Pero tenemos mucho trabajo por hacer para prepararnos.

—Pero usted dijo que no es hasta la primavera —dice Garth.

—Así es —responde la señora Brisbane—. Y la primavera comienza dentro de poco más de un mes.

¡Y qué mes!

Además de las lecciones habituales, mis amigos preparan grandes carteles para nuestra exhibición en la feria.

Garth pasa mucho tiempo grabándome y yo reboto de alegría cantando todas mis canciones favoritas. Pero cuando las mezcla en la cinta no se oyen tan bien como sonaban en el pantano.

Heidi y Gail inventan un baile llamado *Saltito de rana* y se lo enseñan a todos los renacuajos humanos.

Es divertido ver a Tabitha saltar junto con Sayeh y Seth.

¡Tabitha se ríe más alto que Gail!

—Eso atraerá a las personas a nuestra exhibición —explica Heidi.

—Espero que no las espante —murmura Richie.

A la señora Brisbane le gusta el baile.

—Pero creo que también debemos explicar a las personas por qué las ranas están en peligro de extinción y qué pueden hacer para ayudarlas.

Así que mis amigos se ponen las pilas, hacen carteles y me los muestran.

A.J. dibuja un hermoso estanque con personas recogiendo la basura a su alrededor. En la parte superior dice: «MANTENGAMOS LIMPIOS NUESTROS RÍOS Y ARROYOS».

Garth dibuja algunas botellas con etiquetas que dan miedo y les pone una *X*. Escribe: «MANTÉN LOS PRODUCTOS QUÍMICOS LEJOS DEL AGUA».

El póster de Mandy tiene una fábrica grande emitiendo humo negro y unas enormes letras que dicen: «NO CONTAMINES».

Y el de Sayeh se ve igualito que McKenzie's Marsh, con dibujos de todos los animales que viven allí. Dice: «¡PROTEGE NUESTROS PANTANOS!»

—¡Gracias, amigos! —les digo.

Al oír hablar de todos esos problemas, ¡me siento contento de vivir en un tanque limpio y arreglado en el Aula 26!

—Podemos llevar a Og a la feria, ¿verdad? —pregunta Tabitha un día.

A la señora Brisbane le parece una excelente idea... ¡y a mí también!

—¿Y qué hay de Humphrey? —pregunta A. J. — Él es también vida silvestre.

Gail se ríe.

—Nunca he visto un hámster en el bosque.

A.J. se encoge de hombros.

—Tal vez no, pero los hámsteres deben vivir en su entorno natural en algún lugar.

La señora Brisbane piensa que él tiene razón.

—Llamaré a la doctora Okeke para saber si podemos llevarlos a ambos.

Y así es como Humphrey y yo terminamos en la Feria de Vida Silvestre de Piney Woods unas semanas más tarde.

Hay muchos animales silvestres aquí, desde águilas (no puedo mirar esos picos puntiagudos) hasta alguien caminando por ahí con un disfraz de oso. No se parece a ningún oso que yo haya visto.

Los humanos son los animales más salvajes de todos.

El *Saltito de rana* atrae a muchas personas a la mesa de la exhibición, donde personas de todas las edades se acercan a admirarnos a Humphrey y a mí. Eso les da la oportunidad a los renacuajos humanos de hablar sobre la desaparición de las ranas.

Esa es una noticia terrible, pero a los niños les entusiasma la idea de explicarles a todos de qué manera pueden tomar medidas para ayudar a proteger a las ranas que quedan. Y a los demás animales también.

Conozco a algunos de los humanos que llegan. Por supuesto, hay algunos padres de estudiantes. Aldo también viene, acompañado de su linda esposa, María. Ella me dice que soy la rana más simpática que ha visto en su vida.

¡Creo que estoy causando sensación!

Salto de alegría al ver al director, el señor Morales, acercarse con sus hijos.

—Og es un complemento importante para la Escuela Longfellow —les dice—. Al igual que Humphrey.

¡Ahora sí que estoy rebotando de alegría!

A fin de cuentas, Piney Woods es un lugar muy bonito. Probablemente me habría gustado vivir aquí.

No tendría que pasar los días atento a los enemigos, como Chopper, ni buscando comida. Pero no tendría a mis amigos del pantano para jugar.

Tampoco estarían los renacuajos humanos a los que tengo que proteger. No tendría problemas reales que resolver.

No tendría *trabajo*. Y tampoco tendría a un amigo llamado Humphrey.

Estoy contento de que el asunto se haya resuelto. Soy la segunda mascota de la clase en el Aula 26. La primera mascota de la clase es un ejemplo difícil de igualar, pero lo voy a intentar.

Por supuesto que todavía pienso en mis amigos del pantano. Pienso en la canción que cantaba la señora Brisbane. He hecho nuevos amigos de plata, pero no he olvidado a los viejos amigos de oro.

Incluso escribí un poema, igual que lo hicieron mis amigos para el festival de poesía.

A mis amigos del pantano en la distancia
quisiera que oyeran lo que les escribí.
Desde nuestros días de renacuajos
entre nenúfares y abundancia,
ustedes son muy especiales para mí.

Como fieles amigos estuvimos juntos
bajo la lluvia, el sol y el sereno.
Por eso, hoy quiero ser sincero,
ustedes son muy especiales para mí.

Nos sentíamos en la gloria,
pero los tiempos cambian
y yo no sabía que tendría que partir.
Aunque estemos lejos,
los tendré en mi memoria.
Ahora tengo cosas nuevas que descubrir.

Pero los recuerdos siempre estarán ahí...
Porque ustedes son muy especiales para mí.

Me parece que es un poema bonito. Y ahora es momento
de Flotar. Dormitar. *Ser.*

Sugerencias para cantar
las canciones de Og

TODAS LAS CANCIONES de Og se pueden cantar con la música de melodías conocidas. ¡Diviértete cantando!

© Frank Birney

Betty G. Birney es la autora de la popular serie *Humphrey* y ha escrito numerosos episodios para programas infantiles de televisión, como *The New Adventures of Madeline*, *Doug y Bobby's World*, además de programas educacionales y de la película *Mary Christmas*.

En este ámbito ha ganado muchos premios, incluidos un Emmy, tres Premios Humanitas y el Premio Writers Guild of America.

Es también la autora de *The Seven Wonders of Sassafras Springs* y *The Princess and the Peabodys*.

Oriunda de St. Louis, Missouri, Betty vive en Los Ángeles con su esposo, que es actor.

PUEDES ENCONTRAR DIVERTIDAS ACTIVIDADES PARA
OG Y HUMPHREY Y GUÍAS PARA LOS MAESTROS EN
WWW.BETTYBIRNEY.COM
Sigue a Humphrey y a Betty en línea en
WWW.FACEBOOK.COM/ACCORDINGTOHUMPHREY
Y EN TWITTER: @BETTYGBIRNEY

Si quieres leer sobre cómo Humphrey
llegó al Aula 26 y conoció a Og, busca

Si quieres leer más sobre las
aventuras de Og, busca

 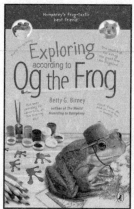 

¡Hasta pronto!